金庸與我——雙向亦師亦友全紀錄
心一堂 金庸學研究叢書 潘國森系列 金庸詩詞學
國森先生 惠存
今承校正錯字感
懷良深
金庸

書名：金庸與我——雙向亦師亦友全紀錄
系列：心一堂　金庸學研究叢書　潘國森系列　金庸詩詞學
作者：潘國森
執行編輯：心一堂金庸學研究叢書編輯室
封面設計：陳劍聰

出版：心一堂有限公司
通訊地址：香港九龍旺角彌敦道610號荷李活商業中心十八樓05-06室
深港讀者服務中心：中國深圳市羅湖區立新路六號羅湖商業大厦負一層008室
電話號碼：(852) 67150840
網址：publish.sunyata.cc
電郵：sunyatabook@gmail.com
網店：http://book.sunyata.cc
淘宝店地址：https://shop210782774.taobao.com
微店地址：https://weidian.com/s/1212826297
臉書：https://www.facebook.com/sunyatabook
讀者論壇：http://bbs.sunyata.cc

版次：二零一九年三月初版

平裝

定價：港幣　八十八元正
　　　新台幣　三百伍十元正

國際書號　978-988-8582-44-0

香港發行：香港聯合書刊物流有限公司
香港新界大埔汀麗路36號中華商務印刷大廈3樓
電話號碼：(852)2150-2100　傳真號碼：(852)2407-3062
電郵：info@suplogistics.com.hk

台灣發行：秀威資訊科技股份有限公司
地址：台灣台北市內湖區瑞光路七十六巷六十五號一樓
電話號碼：+886-2-2796-3638　傳真號碼：+886-2-2796-1377
網絡書店：www.bodbooks.com.tw
台灣秀威書店讀者服務中心：
地址：台灣台北市中山區松江路二0九號1樓
電話號碼：+886-2-2518-0207
傳真號碼：+886-2-2518-0778
網址：www.govbooks.com.tw

中國大陸發行 零售：深圳心一堂文化傳播有限公司
地址：深圳市羅湖區立新路六號羅湖商業大厦負一層008室
電話號碼：(86)0755-82224934

心一堂微店二維碼

心一堂淘寶店二維碼

作者與金庸合照（二〇〇〇年於北京）

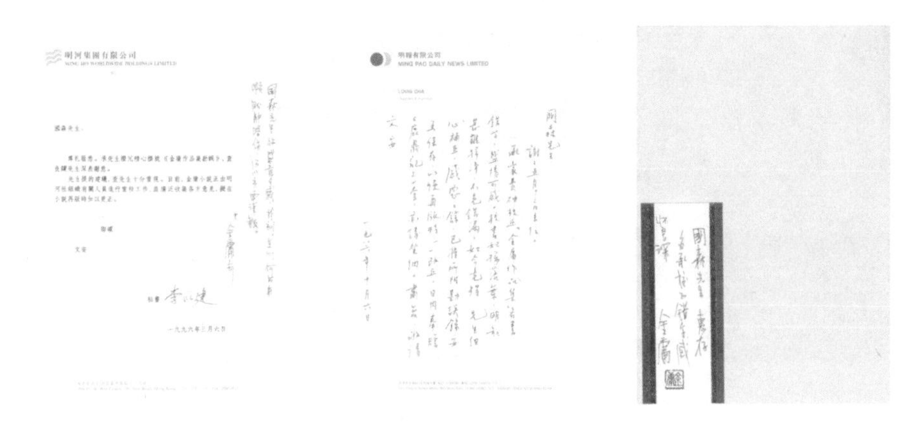

明河集團有限公司

國森先生：

一九九六年三月六日

明報有限公司

MING PAO DAILY NEWS LIMITED

金庸給作者的信及贈書題簽

一九九六年，作者與楊興安博士主講一次金庸小說討論會。

二零一八年十一月十三日，作者（前排右五）出席浙江工業大學「和山青年論壇」，金庸先生離世剛好兩周。

再為金庸說幾句公道話（代序）

海寧查良鏞先生（一九二四至二零一八）逝世，得年九十有五，福壽全歸。先生是二十世紀中國最偉大的小說家，我們有幸遇上這樣劃時代出類拔萃的文士，或可以說是當代浙江人、海寧人的光榮。先生以香港作為他安身立命的第二家鄉，也可以說是當代香港人的光榮。

間有腐儒以金庸小說屬「通俗文學」為由去低貶其總成績，只反映其人的學問識見稍嫌膚淺而已。此即陳世驤教授所言：「意境有而復能深且高大，則惟須讀者自身之才學修養，始能隨而見之。」讀金庸書而不能見其「技巧之玲瓏，及景界之深，胸懷之大」，倒不如閉嘴勿獻醜了！多講多錯，徒為識者笑耳！

筆者拜讀先生小說逾四十年，參與金庸學研究亦超過三十年，讀金庸武俠小說可以說是人生一個非常重要的讀書計劃、學習活動。因為讀金庸小說的緣故，有緣結識許多海內外的朋友。楊興安博士與我都是香港「金庸講座」的專業戶，楊博曾笑言我們二人可以做其「明教光明左右使」。

此事萬萬不可！

一則楊博與他的本家明教逍遙二仙的楊逍楊左使同是江湖上顯赫有名的俊男，潘國森則曾被評為「蛇頭鼠眼」，豈敢與楊俊男並列？香港金庸電視劇皇牌監製蕭笙叔曾代我出頭，笑言潘國森雖不如黎明般英俊，但也絕不是「蛇頭鼠眼」云云（不知此事與黎明先生有何關係？）。潘某人於此等江湖上的雞蟲得失並不在意，況且罵我的媒體向來聲名狼藉，我敢說，曾經在這家媒體工作多年並且廁身高位者，則此一履歷必將成為其人生的一大污點，幾十年後當真愧對後代子孫了。至於這家媒體旗下的編採人員、各類作家之濫用傳媒公器，以至於「五經掃地」，則不必多講，公道自在人心。范遙是醜男倒不是問題，但他是個愚蠢的臥底，雌伏多年而一事無成。我不幹！

二則楊博曾經在金教主的「明教」辦事，我則與「教主」從來沒有業務往來，還是保持「亦師亦友」的關係化算些。過去就曾有人大罵在香港刊行專著褒美金庸小說的都是「明教教主」的伙計拍老闆馬屁云云。此說楊博可以自行對號入座，小弟則終生免疫。

我與「小查詩人」可說是雙向的「亦師亦友」。「小查詩人」是指二十世紀出生的查良鏞詩人，為潘某人發明的敬稱，以別於清康熙朝的大詩人老查查慎行。跟小查詩人做朋友沒有甚麼大不了，他老人家是相識滿天下。朋友既多，難免良莠不齊，既得益友，亦遇損友，如此而已。

我們差不多所有金庸小說讀者都曾以金庸為師，等於借他的小說修習了一門「中國文化導論」而極少有例外，潘某人無可避免也曾經因為讀金庸小說而獲益匪淺。

不過潘某人同時還是「二十世紀指出金庸小說錯處天下第一」，古人有「一字師」之說，是則潘某人也算不清是小查詩人的幾多字師了。孔子說益者三友，友直、友諒、友多聞。潘某人對小查詩人小說中的錯漏直言無諱，對小查詩人平素容易得罪人的言行諒解，再剛好在某些小學問上還算稍比小查詩人多聞了些。絕對是益友了。

我與小查詩人是「君子交」，何解？

君子之交淡如水也！

小查詩人辭世之後，我原本只打算為「寫小說的金庸」說幾句公道話、澄清一些流言蜚語，但是見到許多人因為政見不同而對小查詩人無理攻擊。不得已，也要為「經商發達的金庸」再說幾句公道話。

據說曾經有一位小查詩人非常器重的員工辭職不幹、另有高就，小查詩人為此辦了一個盛大的歡送會。離職者當年在「明教」屬於「方面大員」，在香港文化界亦德高望重。小查詩人過世之後，有人舊事重提，居然罵小查大排筵席是絕了人家回巢的後路云云！這不啻是對小查詩人的人格謀殺，同時也在貶損那位文化界名人呀！

何解？

小查的「明教」雖然是文化組織，但是同時是商業機構，不可能因為個別高層的去留而影響正常的業務運作。雖有伙記辭工不幹，印刷品還是要按時推出市面，不可脫期。自不可能讓要員變相「停薪留職」！這樣的謬論並不是在污蔑老闆，其實是污蔑了員工！這樣德才兼備的一位文士，既然認為新崗位的發揮空間會比留在「明教」大得多，他又不是很看重金錢物質的讀書人，當時決定與小查詩人分手，肯定有他的崇高理由。後來事態的發展，大家都認為他沒有看透新老闆的底細，這回轉工可能真的是失策了。但是我們看見這位先生此後仍然長期將精神心力都專注在文化事業上，他對香港社會的貢獻，並不見得就一定低過仍然在「明教」效力呀！

成年人在個人事業上面臨重大抉擇，風險當然要自己承擔，又不是小孩子兒戲！假如是年青人初出茅蘆，希望到外面闖天下，結果是碰壁之後有意「吃回頭草」，能夠重新回到起點當然是人生的幸運際遇，但是你不可能要求每一位老板都能夠這樣「虛位以待」。如果小查不辦隆重的歡送會，癡癡地等舊人回頭，則心裡把後來的繼任人當成甚麼？呼之則來、揮之則去的「備胎」嗎？

對小查詩人經營的細節如此苛評，與某些人對小查詩人小說的苛評都是同樣的不合常情常理。

最荒唐的，莫過於社會上流播小查詩人是「九流老闆」之說！

如果說到事分「九流」，我們正常人的理解，就只有第一流到第九流，第九流之外，更是壞到不入流了。如果小查詩人是一個「九流老闆」，是不是在說他正正是近年胡鬧政客經常掛在口邊的「無良雇主」？

我雖然沒有入過「明教」，不過長居香港逾半世紀，此間的社會現狀還是略知一二。我倒要問一問：「明教金教主」是否經常欠薪不發，陷伙計於經濟困境？

如果沒有，該可以升一流，算他「八流」吧？

還要再問，「明教金教主」有沒有試過因為員工遲到、早退或請假要扣工資？

如果沒有，又可以再升一流，算他「七流」可以嗎？

有人說「明教金教主」給的稿酬太低，不過我卻聽說過其副刊專欄作家有雙糧可領！

何謂「雙糧」？

這是香港職場慣例，不知何時開始。因為香港華洋雜處，每年的農曆年關誰都開支多。這年關有時在公曆一月，有時在公曆二月，年年不同。於是許多所謂「寫字樓」的白領工，都有每年發第十三個月薪水的習慣，有些更白紙黑字寫在雇傭合約上。所謂「雙糧」，即是大概農曆年前發放等於一個月薪金的花紅，約略等同老闆代員工儲蓄，在年關前才給員工，這樣就不怕無錢過年了。

此事我只是聽來的，如果「明教金教主」給專欄作家發雙糧，是不是還可以再升他一流，算他「六流」呢？

此所以，「明教」教眾也不是人人有資格罵金教主，當中「副刊門」的「雜文供應商」就沒有這個資格了！如果曾經每年支雙糧，還有膽罵金教主「九流」，那真是「狼心狗肺」、「枉讀詩書」了！

至於說金教主的明教工資特低，那麼自以為可以在外面領更高工資的人才，又是為了甚麼原因仍要讓「九流老闆」長期剝削呢？

有報界前輩說，那個年代在報館工作其實很清閒！許多人只花三四小時就完成了每天的工作。當然，有突發大事又當別論，這就可能要大量加班而沒有特別加班費，不過這種情況可能一年也沒有幾次。

報館員工除非是活在老闆的眼皮底下，工作桌在老闆十呎之內，否則在報館上班的時間在辦公事還是辦私事倒是不容易界定的清楚。我們只知道有畫家在上班時畫自己私人賺外快的漫畫；

有作家在上班時寫自己私人的小說、詩歌，或為別家報紙供稿；有記者在上班時給競爭對手寫新聞報導；還有上進心強的伙計在上班的邊角空閒時間自修，務求考取更高學歷，期待將來事業有更大的發展空間，這些都不是甚麼秘密。

還有人說小查詩人曾經暗地理出資，辦一份性質相近的報紙去分薄他旗下報紙的市場佔有率云云。

難道真的：「壞人衣食，猶如殺人父母」？

怪哉！

此君不是長年累月都在謳歌自由市場經濟嗎？

當年仍是九七香港回歸前的英殖時代，難道港英政府有發過「專買執照」給他嗎？有法例不准其他人加入這個市場做買賣嗎？

此君認為香港不應該奉行所謂「資本主義自由競爭」嗎？

這也可以成為惡評小查詩人的理由嗎？

可見，「欲加之罪，何患無詞」真能反映先哲聖賢的智慧！

再有某學府教師，曾撰文譏諷小查詩人出錢捐一個名譽學位。據說當年小查詩人一度要以誹謗罪興訟，後來又作罷。於是又有人以小查詩人不再追究作為落實「捐學位」一事的實證，剛好在小查離世後，將這一段陳年舊事翻出來。

不過我們老香港都知道在香港告人誹謗，是很容易「原告變被告」而得不償失的。因為香港法律費用高昂，而且從往績研判，告誹謗向來難入罪，而得值亦罕有多判賠償，一般人很難經法律途徑討得甚麼公道。

此類事件「本縣曾經此苦」，有一回我有感於受了一家大機構的員工濫用公器狂罵，屬於疑似誹謗，於是搜集證據，看看可以怎樣回應。結果是讀過法律而沒有執業的朋友看過所有資料之後說官司有得打；直正執業的大律師和律師學長，卻看也不看便直斥我不要興訟！

一個說：「這類案件若對方委託我處理，你未見官就要破產了！」行內的潛規則很難三言兩語講得清，老行尊既然一錘定音，此事實在不必再深究了！

一個說：「當你是兄弟才勸你，這遊戲不是你能玩的！」

法治云乎哉？

小查詩人的學位與捐款是甚麼關係，雙方手頭上的物證是那邊的強，今天我都無資料去評論。不過以常理推斷，學府頒名譽學位給社會上各行各業的公眾人士，當中受者有富有貧。富的少不免請他隨緣樂助；貧的則學府無攤大手板要錢之理。以小查詩人的事功而論，不管是他的文學作品、社評政論，還是辦報營商、企業管理等等，當然每一項都夠資格領這些甚麼榮譽學位，只不過剛巧他同時是個富商，學府高層當然會乘機勸捐。如果每一家學府的高層教職員都可以這樣隨心所欲去挑剔獲頒榮譽學位的人，去追究是先捐款後領學位還是先領學位後捐款，以後還有社會賢達肯捐錢給這學府並領其學位？按廣府人的說法，這學府也太過「無衣食」了！

原來說穿了，是有學府教師因為政見分歧的問題，便借捐款與頒學位兩事之間的關係大造文章而已。據說這位學府教師掌握了不少會議紀錄，可以證實小查詩人是捐學位的。

問題是，你大學高層指責捐款人捐學位，我們局外人便要問，是誰先開口要「玉成」這件「好事」？

如果是小查詩人先去問那學府的高層，可否用錢捐個學位；結果錢捐了，學位也頒了；這樣還可以說得通。如果只是小查要捐錢，卻沒有說要得甚麼好處，然後是學府「良心發現」給個學位，那就不能說是小查要用錢捐學位了！而且一隻手掌拍不響。有人肯捐錢換學位，亦要有人肯收錢派學位呀！

如果是學府的高層先主動問小查要錢，待小查捐了之後卻嫌少，還不顧臉面的要小查多捐一個「零」（江湖傳聞如此）。然後不知怎的要頒小查一個學位，這也可以算是小查出錢捐一個學位嗎？

當這位學府高層伸出一根食指指責小查的時候，會不會有三根手指（中指、無名指和小指）都在指著自己？此所以今天潘某人指罵該罵的人，都是食指、中指和無名指併攏來指，就不怕惹人閒話了。

即使退一萬步來說，小查詩人與這家學府的高層真的有捐錢換學位的默契了。但是怎麼可以在高層會議紀錄入面，居然有人討論讓社會上那些「不該」拿榮譽學位的人捐學位？究竟是開會的人斯文掃地，還是被指捐學位的慷慨捐款人丟臉呢？

高層收了錢「貨銀無訖」，卻縱容「下面的人」到江湖上散播惡言，這一干相關人等還算是個人嗎？

如果這位學府教師是這樣的清高絕俗、白璧無瑕，我們局外人是否可以請學府以後將捐款和頒榮譽學位兩事完全切割。捐款的勿頒學位，頒學位的絕不收捐款，可以嗎？

這樣日後就不會再有人捐了錢然後被羞辱了！

這家學府的儇薄無行，還不止於此。

小查詩人既是作家、也是商人。那家學府只看上了小查詩人的錢，全體教師沒有人有興趣或能力參加「金庸學研究」，亦不認同小查作為一個報人、政論家和企業家的成就，為甚麼要頒學位？難道這家學府的榮譽學位就是明碼實價，真的可以任由社會上的張三李四陳五黃六拿錢去捐回來的嗎？

這學府的教職員在「金庸學研究」上面交了白卷也算了，研究唐詩宋詞的教師，不見得一定要拜讀小查的大作，不過自稱研究現當代中國文學而沒有讀好金庸小說，就未免太過疏懶了！還有臉面去問小查詩人要錢？

後來，這裡小貓三四隻教職員，自稱要「研究小查」，還弄了個「世界性」的組織。這幾位先生，倒有點似向問天譏諷岳不群那樣，練了「鐵面罩」、「金臉皮」的功夫。他們手中拿書給傳媒拍照留念，看官一望，竟然都是小查的小說，卻不是這幾位先生的個人著作！以這學府教職員的輕佻，難怪學府的名聲江河日下了！

小查詩人過世之後，在許多理據不甚堅實的惡評之間，還是有零星出自老伙計現身說法、為查大俠金教主稍為平反的第一手資料。

潘國森與查良鏞先生沒有甚麼深交，這回組織一些舊文新作，紀念一下這位亦師亦友的長者。常言道：「不招人妒是庸才。」小查詩人亦難免於此。

本書題為《金庸與我——雙向亦師亦友全紀錄》，收錄了我在小查詩人過世之後寫的一系列專欄文字（發表在香港《文匯報》的〈琴台客聚〉），放在第一章。第二章是過去幾次金庸小說研討會的論文，都是在比較短的時間之內急急完成的。

附錄有古德明先生幾篇談論《鹿鼎記》英譯的短文。我在《總論金庸》有一章談及翻譯金庸小說的難處。後來在《武論金庸》提出應該請德明兄負責《金庸作品集》英譯的工作，德明兄曾任《明報月刊》總編輯。小查詩人沒有重金禮聘德明兄主理此事，實為一生人一大失策之事。

我與小查詩人並無深交，多年來見面不過十次。不過能夠與這樣一位偉大的作家處於相同的時代，還有過一些有趣的交集，亦是很奇特的因緣。

潘國森

二零一八年戊戌仲冬

目錄 15

第一章　寫小說的金庸與我

小查詩人走了！

小查詩人走了！

海寧查良鏞先生（一九二四至二零一八），二十世紀中國最偉大小說家，以筆名金庸發表了十五部武俠小說。這些傑作在過去超逾一甲子的漫長歲月之中，風行全球有人能閱讀中文的地方，讀者數以億計，老幼咸宜、雅俗共賞。

小查詩人四字，是我近年用作稱呼查良鏞先生的新詞，此番新意是受了吳宏一教授啟發。吳老師曾撰論文，澄清了金庸被指於詩詞一道不合格的誤解。事緣上世紀六十年代，一度與金庸齊名的武俠小說家梁羽生，曾以佟碩之筆名發表《金庸梁羽生合論》一文，批評當時金庸在自己小說寫的詩詞對聯不合格律。到得七十年代金庸陸續發表了新一版的《金庸作品集》（我稱之為「修訂二版」），金庸已經用《書劍恩仇錄》、《碧血劍》、《倚天屠龍記》和《天龍八部》的自撰新回目對聯詩詞，證明自己是個合格的詩人。為此，我改稱金庸為「小查詩人」，以別於清初的「老查」查慎行，作為回應社會上流播對小查詩人不公允的評價，為他平反一下。吳老師是個溫柔敦厚學者，研究成果發表了就算，潘國森大書特書，實無搶功之意。

我與查良鏞先生並無深交。

初讀金庸小說在四十多年前；初次發表金庸小說研究專著在三十多年前；二十多年前第一次拜候，單獨會面就只此一回，後來還見過好幾次，此外並無詳談。所有交集如此而已。

查先生與我，可以分為三重關係。

第一是小說作者與讀者的關係。我還不能算是第一等狂熱的讀者，十五部小說我從頭到尾看的每一部不過數遍，跟許多讀上一二十回的老讀者比較，還真算是小巫見大巫。不過金庸小說還算讀得比較熟，後期則較多挑選部分章節段落重溫。

第二是國文老師與學生的關係。我們差不多所有讀者都可以說曾經是小查詩人在中國文史這個大範疇的後輩學生，小數例外就可能只有個別初讀金庸小說時已經是學問大成的名家。但是就算學養深湛的讀書人、文史工作者都可以從金庸小說中吸取文化養份。

第三是文學作家與文學批評人的關係。論已發表單行本專著數量多寡而言，要數陳墨先生第一，潘國森第二。

這三重關係，只涉及「寫小說的金庸」，對於「拍電影的金庸」、「辦報的金庸」、「經商的金庸」和「論政從政的金庸」等等，潘國森都沒有故事可講。

小查詩人活過九旬以外，我們廣府人視其離去為笑喪，況且生老病死本為人生必有經歷，實在不用悲傷。傳統術數評價人一生的福祉，離不開妻、財、子、祿、壽五大範疇。當中祿要解釋一下，漢字常有一詞多義，既有了財，那麼祿字在此只能理解為爵祿官祿，古代讀書人如果當不了官而只享文名，算是清貴。這個祿又包含了名譽在內。回顧小查詩人一生，自是富貴雙全、名利兼收了。妻是說當事人的感情生活和婚姻生活，子則是與子女後代的關係，各種各樣的秘聞傳說多的是，小查詩人的壽，倒是可以再談談。看官且聽下回分解。

（寫小說的金庸與我．之一）

享壽九十有八

談到小查詩人的世壽，有人責備個別傳媒形容為「享年九十四歲」是不敬，應該要寫「享壽九十四歲」才是。但是文友陳凱文指出香港風俗向來不特別區分「享年」與「享壽」，他還拈出筆者多年前在「琴台客聚」的舊作助談（見本報二零一一年一月二十四日〈積閏享壽〉）。這「九十四歲」倒是可以再談一談。小查詩人是一九二四年三月十日出生，今年二零一八年十月三十日，他過了生日才逝世，是活足了九十四周歲。據此，在今年三月十日之前小查詩人在人前人後只可以自稱九十三歲。不過這是外國人的算法，中國傳統是算「虛歲」。當然我們原本沒有「虛歲」的說法，只不過近世引入西方的實足周歲算法，才別立「虛歲」的用詞以資識別。

中國傳統是算橫跨多少個年度為準，俗語有謂：「過一年，大一歲。」由除夕到大年初一，人人都添了一歲。若在古代給查良鏞先生他老人家編寫年譜，就是一九二四年甲子一歲，一九二五年乙丑兩歲，餘此類推。到了一九五五年乙未，可以記為：「年三十二。是歲發表《書劍恩仇錄》，一紙風行，聲名鵲起。」到了今年，就是「年九十五」了。算「虛歲」的好處是知道歲數就可以逆推出確切生年；算實齡則還要知道那天生日，反而麻煩。現時中國內地學界都用

「虛齡減一歲」的辦法，一九二四年算零歲，一九二五年一歲。一九五五年乙未要記為：「年三十一……」實齡的好處是在涉及法律上的權利與責任時，可以計算得公平而無爭議。

「積閏」這回事，我不再重覆當年介紹以「十九年七閏」的辦法計算。今回從另一個切入點教大家算這筆帳。一九二五年一月二十四日是乙丑年的大年初一，由這一天起，小查詩人就是兩歲了。事實上，所有人都長了一歲！對照小查詩人一九二四年三月出生至此，實際上才十個月大。明白虛齡算法的中國人都知道，假如小孩在大除夕年三十晚出生，呱呱墮地還不夠一小時，不一會過了子正，交了大年初一，已經算是兩歲了！

此下小查詩人再活到二零一八年十月三十日，由一九二五年一月二十四日起，共是三萬四千二百四十七天。中國曆法是陰陽合曆，平均每二十九天半就有一次初一十五月缺月圓的周期，那麼三萬多天，折合一千一百六十個月有餘。原本閏年十三個月，平年十二個月，若用「積閏」則一律以十二個月當成一年，就是九十六年另八個多月，即是九十七個年頭。再加先前第一年，就是九十八了！

總結一下，如果用今天借自外國的算法，小查詩人享壽九十四歲；用中國人原來最常用的虛歲，則是享壽九十有五；以香港過去慣用的「積閏」法，便是九十有八了。九十五與九八之別，剛好就是一般人常說卻不真確的「天地人三才，各加一歲」的說法。

寫小說的金庸與區區在下潘國森都是中國傳統讀書人，我們又長期住在香港，入鄉隨俗，我說「我的朋友查良鏞」是「積閏享壽九十有八」了。

（寫小說的金庸與我·二）

監軍說我是護法

我在上世紀八十年代中首次寫信給查良鏞先生，此後間有提及想要找個時間拜訪。到了一九九六年終於初次會面，兩人對坐，其實並沒有甚麼好談。我只問了《鴛鴦刀》是那一年發表，對曰：「記不起。」倒是查先生問我的多，比如讀些甚麼書之類。我寫信給陌生人，從來不特別去講「在下今年幾歲」，一九九六年我已發表了幾本金庸小說評論的單行本專著，此前還講了我是「六〇後」，結果卻給同窗好友責備，他抱怨說：「大家都知你是我同學，你自報生年，等於也公開了我的年歲！」有時我回想，小查詩人見到我時，會不會心道：「上當了！原來是個小孩！」

談了大約一個小時左右，小查詩人吩咐司機送客。在車上，司機叔叔問我是那間公司的，我愕然無詞以對。因為我不是代表任何公司去見查先生，跟查先生也沒有任何業務往來，衝口而出就說：「我是查先生的朋友。」然後一程無話。

如此也有趣！後來我就常以「我的朋友查良鏞」七字入文，大家圖個高興。有點似《射鵰英雄傳》的情節，周伯通原本打算賭賽赢了黃藥師的軟蝟甲試穿之後，卻故意穿在外衣上面在江湖上到處炫耀一下，結果周伯通卻沒有贏。

曾有小朋友問，你說要見金大俠，就能見到嗎？當然不可能張三要見金庸就得見，李四要見金庸也得見，否則查家及其寫字樓都要門限為穿了！我只不過效法《天龍八部》的第一男主角、我們敬愛的「小段皇爺」段譽而已，他最常「筆削春秋，述而不作」。因為我是潘國森，金庸才肯讓我去單獨見面，不過排期還排了好幾年呢！

我與小查詩人交情不深，不過我待他很夠朋友，從不會為他添麻煩，卻經常用心出力幫手。項莊叔叔生前曾笑說我像個丐幫護法。事緣有一段時間，中國內地有些文人看不順眼金庸小說得到這麼高的評價，便間有惡言相向。金庸本人通常不會去一一回應，香港有傳媒朋友問我，我每一次都為「我的朋友查良鏞」辯護。「項莊」是董千里先生最常用的筆名，金庸請倪匡先生代筆續寫報上《天龍八部》連載時，還指明每天發稿前要董先生過目，原因是董先生的文字功力很高。此事倪匡先生也介紹過，據其憶述，金庸當時說：「老董的文字較洗鍊。」所以我常說項莊叔叔是「監軍」，任務是預防倪二先生任性出事。結果我們讀者都知，倪二先生讓阿紫瞎了眼睛，項莊叔叔聽任此事發生，可能是盡忠職守，金庸老闆只吩咐「監視」遣詞用字，可沒有說要「審查」內容，那麼項莊叔叔之不理會就很可以理解了。我只與「寫小說的金庸」結緣，如有人對「寫小說的金庸」落了不公允的評語，歡迎海內外金庸迷通知一聲。假如是妄人胡言亂語，當然不用理會，不過若有那怕是最細微的可能會造成壞影響，倒該護法一番。項莊叔叔在天之靈可以絕對放心。

我只是小查詩人其中一個交誼不深的小朋友，當然不會為老朋友在江湖上四處樹敵。倪二先生可不一樣。

欲知後事如何，還待下回分解。

（寫小說的金庸與我・之三）

代筆寫序各見地位

上世紀八十年代初，倪匡先生揭開了「金學研究」的序幕，可記首功。他以「古往今來，空前絕後」八字形容金庸小說，頗受批評。最通行的反駁都是說空前或許不錯，絕後則誰都不能確證云云。倪先生也是笑傲江湖的性格，對此主流迴響總是不屑一顧。小查詩人則從來沒有公開接受或默認其說。

近日倪先生又有新意，由八字加到十六字：「金庸小說，天下第一。古今中外，無出其右。」如果潘某人沒有弄錯，這似乎是小查詩人過世後才講的，或者至少是小查詩人身體不適到不問世事的程度之後才講的，那麼當事人可能既沒有機會去默認接受，也來不及回應了。如果金庸知道有此說而不去澄清否定，讓江湖上以為他受落了老友的新諛詞，那就不啻是向整個「紅學界」下戰書了！

為了愛護「我的朋友查良鏞」，潘小朋友只能說：「這一回大家都別聽倪老二的！」我們都知道倪二先生向來任性，現在朋友老闆查大俠走了，不能自已出手幫倪小二（小查比小倪年長）善後，這新個說法遲早出事！此所以我現在就要代小查詩人預先澄清。

潘國森只會說小查詩人是「二十世紀中國最偉大的小說家」。這樣講就非常平實，如果有誰人來踢館，潘國森自忖有本事擺平處理，這樣亦不會開罪聲勢浩大的紅學界，不過引起某些文壇泰斗粉絲不滿則在所難免。

我當初參加入去金庸學研究的領域，除了喜歡金庸小說之外，還要優先處理兩位前輩的評論。一是倪匡先生，當年他的《我看金庸小說》風頭一時無兩，據其自述有許多身邊的朋友不同意，當中還有人揚言要寫一本《我看〈我看金庸小說〉》來一一駁斥之。倪二先生說歡迎，結果這樣命名的書卻胎死腹中！我第一部金庸小說研究的專著《話說金庸》其實有小半部是承當了《我看〈我看金庸小說〉》的責任。對於品評《射鵰》、《神鵰》兩書，倪二先生是「擁楊龍派」，我是「擁靖蓉派」，勢成水火！

還有是陳世驤教授的兩通書信，他是世上唯一有資格為金庸武俠小說寫序的讀者論者，可惜他英年早逝而來不及，於是小查詩人就將陳教授的兩通書信，放在《天龍八部》的附錄。一位是唯一有資格代筆，一位是唯一有資格寫序，各有各的地位。

陳教授也是用了「限時」說法，就不怕授人以柄、惹人非議了。他寫道：

「弟嘗以為其精英之出，可與元劇之異軍突起相比。既表天才，亦關世運。所不同者今世猶只見此一人而已。」

以元劇比方，即是推許為代表一個時代的文體，只見一人則是獨領風騷了。這樣亦是「天下第一」和「無出其右」，只不過加了時限，就不怕誰人來抬摃了！金庸則為讀者進一步解說為：

「他（陳世驤教授）指出，武俠小說並不純粹是娛樂性的無聊作品，其中也可以抒寫世間的悲歡，能表達較深的人生境界。」

陳教授的高見，對我金庸學研究方向頗有影響。今回只能講到半路中途，下回再續。

（寫小說的金庸與我・之四）

有一日，忽然感應到陳世驤教授在「金庸學」（這個名稱是遠在陳公辭世後才有）應得的地位，便決心要出力表揚。陳公在信中續道：

「意境有而復能深且高大，則惟須讀者自身之才學修養，始能隨而見之。細至博奕醫術，上而惻隱佛理，破孽化癡，俱納入性格描寫與故事結構，必亦宜於此處見其技巧之玲瓏，及景界之深，胸懷之大，而不可輕易看過。」

當中「才學修養」說真是一針見血，許多人沒有看得出金庸小說的好，就是才學修養不夠而已！公開解說陳教授兩封書信之後，索性自稱「金庸小說研究二十世紀天下第二」（第一則是陳公），這個長長的「僭號」只有識貨之人才懂得欣賞。

有一回在中國內地開金庸小說學術會議，小查詩人介紹我認識王敬三先生，王老創辦了「海寧市金庸學術研究會」，是小查浙江海寧的同鄉。小查詩人的普通話帶有濃重的吳方言口音，一般我只懂得六七成。這回他音量不高，我就更加不太清楚了，只聽到「天下第二」四字，看來他老人家對我這自封名頭，還是覺得很有趣味的。或許因為我是比較早公開肯定和宣揚陳教授對金庸小說的推崇，小查詩人會不會曾經心道：「還是這小孩最懂事！」

曾有人說要為金庸小說校對一下，小查詩人有時也會像他筆下張無忌教主那樣「捨己從人」，便隨口同意了。後來此君竟然要向小查詩人「追債」，小查詩人雖然富泰，這種無理要求當然不會就範。

現在可以講一下，因何潘國森寫信給金庸說要拜訪，金庸就接受「申請」，排期數年後給了一個多小時。這是從讀金庸小說四十年以來，偷點師領悟的講故事技巧，有時要慢慢講，適當地吊一下看官聽眾的胃口。

拜託！這種校讎之事我在上世紀八十年已開始做，自問亦舉世做得最好。我之研究金庸小說，其實是從抓錯入手。我大學畢業之後，購齊全套《金庸作品集》，就是我稱之為「修訂二版」的版本，那是小查詩人在報上發表了《鹿鼎記》之後，隨即展看的修訂工作。我是先精讀了兩遍，再詳列了當時能夠挑得出來的大小錯誤，題為《金庸作品集勘誤》，寄了給小查詩人，然後才動筆寫第一部金庸小說評論的《話說金庸》。

一九八六年收到小查詩人回信，看筆跡當為秘書所寫，未知高姓大名，那時金庸小說研究的前輩楊興安博士還未當上小查詩人的社長室行政秘書。一九九六年小查詩人約我到他府上之前，又再給我一封信，這時已經由李以建先生當他的秘書。小查詩人還特別親筆兩行，下款更用了一個「弟」字呢！此信珍重收藏，今日示人，就是周伯通打算將軟蝟甲穿在外衣上面炫耀之意。

金庸小說常見的對白有「為朋友雙脅插刀在所不惜」，我待他很夠朋友，為《金庸作品集》查找鋳漏，還能問小查詩人要錢嗎？

（寫小說的金庸與我・之五）

吃飯敵友不分

上回倒敘小查詩人接受潘國森「求見申請」的緣由。好戲還在後頭！

有一年，某教授金庸連珠發炮，臭罵他的小說。知情者輾轉通告，原來此君見過小查詩人，先是相談甚歡，剛巧小查有事，不能一起吃飯，便給了個紅封包致意送客。回程時此君打開了紅封包一看，勃然大怒，向「陪客知情人」說要退回給小查！此中原因，聰明的讀者已猜想得到。那是嫌錢太少，認為是奇恥大辱！於是小查就因為這一頓飯的緣故，惹了點小麻煩。

我聽到這個小故事之後，簡直要拍掌大笑！

這是小查詩人沒有謹慎擇交的下場！活該！一九九六年小查詩人讓我「過府一聚」，原本以為：「潘國森來訪，你總該留客吃頓便飯吧？」豈料小查詩人不停的看腕錶，然後終於忍不住說問我要去那處，派司機送我一程。潘國森來你不請客，人家是教授你就請客！好得很，結果人家嫌你出手低，反目成仇，用盡吃奶之力罵你。人家攻擊你的時候，還不是我這個「真朋友」、「小護法」撰長文給你討個公道？於是便想起《神鵰俠侶》小查給楊過的臭師父全真教趙志敬的評語：「敵友不分。」還有就是周伯通在桃花島擺了屎尿陣，讓東邪西毒兩個壞人弄得一身臭，老頑童初見洪七公說道：「他是好人。正是天網恢恢，臭尿就只淋了東邪西毒二人。」這回「主人未留客吃飯」的經歷，本在文化界朋友閒聊時回應紅封包事件，沒有想到會白紙黑字傳世！當日小查詩人送客，我路經偏廳，見到查夫人在吃水果，正正是我送的果籃，這些細節都給公開了。料想那小器教授未必便帶有見面禮。我還要花錢去買他的狗屁書一讀來做文章護法反駁呢！稿費又那麼微薄，我實是吃了大虧！

後來小查詩人的公子「八袋弟子」查傳倜先生請楊興安博士吃飯，楊博拉了我作伴。這回是查公子「幹父之蠱」、代父請客，兩家就算是扯個直了。

我與小查詩人沒有太多話題，凡讚美其武俠小說，都已公開發表，不勞當面覆述。人人都說小查詩人「不怒而威」，這個可與我無關。向來只有我批評他如何不是，我沒有支過他發的薪水，他就沒有機會以老闆的身份來「迫害」我了。

後來終於有機會跟小查詩人同檯吃飯，那一回在浙江開金庸小說的會議。我見小查詩人的一席還有空位，當然不好自己坐上去落得個給人趕的下場，便在前面遊蕩，假裝未找到座位。浙江大學的徐岱教授真夠朋友，就拉了我坐在圓桌上小查詩人的對面。跟小查詩人同檯吃飯也沒有甚麼印象深刻的片段，其實對我來說，金庸的本尊無非只是個挺悶氣的老頭兒而已。

小查詩人走了之後，江湖上許多仇家都撰文指指點點，我跟小查詩人不很熟，只有本事為「寫小說的金庸」護法，其他都無可置喙。

這回講講笑話，大家圖個高興。紀念一位得享遐齡的朋友，應該要多「喜笑之批評」而不要「酸腐蹙眉」。

（寫小說的金庸與我・之六）

你「名」得過金庸嗎？

我上文一步一步簡介與小查詩人的交往，紀念人生中一位很重要的忘年交、君子交，既為往自己的臉上貼金，亦要預防有人假冒很是讀得懂金庸小說而在江湖上招搖撞騙。

過去有些人給我批評得透不過氣、無可辯解，卻又要安撫自家的狐朋狗黨、蝦兵蟹將，便散播謠言，說這個潘國森只不過為了「上位」而批評「名人」。有讀者來信問一個被我批評得「體無完膚」的輕薄兒是不是我的朋友。我稍為解釋事件的來龍去脈，那位讀者自告奮勇要為我在江湖上澄清，我又怎能與傖徒一般見識？自然要拒絕了。

試問地球上所有中國人的社會之中，還有那位作家文士「名」得過小查詩人？假使我要像城狐社鼠輩那樣幹所謂「上甚麼位」的無聊事，三十年前公開刊行《金庸作品集勘誤》豈不省事？只要附加詳解而又盡用教訓和嘲諷的筆法數落小查詩人，就可以贏得他所有隱性仇家一致擁護了！潘國森還有必要批評你們這種「名人」嗎？笑話！

當年我查找金庸小說的各種錯誤，無非是小讀者不願見到心愛的小說有任何不必要的錯漏而已。今天互聯網讓資訊廣泛流通，大家都知道《哈利波特》讀者群將小說中的犯駁情節臚列共享，甚至架設網站保留紀錄，舉世「哈迷」與區區在下「金迷」潘國森如此作為，性質相同。

我當然不會因為找到金庸小說入面有錯誤便如獲至寶、沾沾自喜，更沒有必要在江湖上宣揚。畢竟說到底，我精讀金庸小說四十多年以來，真的有許多得益，豈能忘恩負義？我做了勘誤，直接交給作者，並無所求，只希望金庸作品集將來更美好。一九九六年一會，小查詩人問我再要《金庸作品集勘誤》。十年過去，學問見識稍有長進，發現八十年代版《金庸作品集勘誤》有過別條目其實小查詩人沒有錯，只是我讀書不多而誤以為出錯，此時都一一剔除。這最後版再送一次，後來原件的手稿和電腦存檔都丟失了。

到得二十一世紀的「新三版」刊完了，有老讀者不滿某些句子改了，我一看便認得是小查聽我的意見所改。後來估計不會再有第四版，才將第三版仍未處理的罅漏檢出來，結集為《修理金庸》。這書下筆雖然間亦有開玩笑，但是整體措詞仍是客客氣氣的。我歷來指出小查詩人任何不是，全都是「喜笑之批評」，也只有潘國森這樣級數的讀者，才有本事找得出這麼多瑕疵出來。

過去我批評許多其他人則完全不是那一回事。通常是作者學力未逮而言論在社會上已造成不良影響，甚至是存心行騙的，都一律點名開罵。近日有輕薄兒偽裝很懂金庸小說，胡言亂語、蠱惑觀者，互聯網上許多金庸迷都很不滿兼不齒，因懷念故友而解說一下我「修理」金庸跟「修理」別人的天淵之別，也算是多謝當年那位自動請纓要幫我闢謠的讀者。

從今以後，各位朋友在江湖上見到誰在譏刺潘國森「批評名人博上位」，只需要代為回敬一句：「你算是甚麼名人？你名得金庸嗎？」

（寫小說的金庸與我・之七）

四大才子誰敢當？

此下我要為小查詩人闢謠。

近年媒體和網絡忽然流播「香港四大才子」的說法，即金庸、倪匡、黃霑、蔡瀾四位。這是我要為「我的朋友查良鏞」闢的第一個謠。

《倚天屠龍記》有一段不受注目的小插曲：

殷梨亭道：「『武林至尊，寶刀屠龍，號令天下，莫敢不從。倚天不出，誰與爭鋒』，這句話傳了幾百年，難道時至今日，真的出現了一把屠龍刀？」

張三丰道：「不是幾百年，最多不過七八十年，當我年輕之時，就沒聽過這幾句話。」

「當我年輕之時……」這一句話，就可以輕易摧破過半的都市訛傳。四大才子甚麼的，我年輕時沒聽過，千禧年以後參加過好幾次金庸小說學術會議也沒有誰提起，亦從未聽過文化界、寫字界前輩講過。初步可以猜想這「疲勞轟炸」發源自報章的娛樂版！

黃霑先生先走了，沒有辦法問他有何意見。不過倪蔡兩位還在，傳媒朋友可以問問他們有沒有這個膽量與查大俠在「才子界」齊名，潘某人不相信他們有這樣的勇氣。三位都是知名作家，又各自在自己的事業頗有成就，如此牽扯在一起，我懷疑是他們曾經為電視台主持過《今夜不設防》的清談節目。該節目嘉賓亦多是娛樂圈名人，許多天皇巨星都很喜歡在此向觀眾吐露心曲，三位由是得了「三名嘴」的稱號。不過受他們的交遊所限，便不會邀請極可能悶死觀眾的科學家、經學家來談天說地了。

何物「四大才子」哉？

多讀歷史可以長見識，比如說唐代大詩人李白有「詩仙」之譽，我們都知道源頭來自賀知章的一句「天上謫仙人」。如果沒有誰能夠講得出甚麼金庸、倪匡、黃霑、蔡瀾是四大才子最先是誰說的，那就請勿再散播謠言了！

十一月十三日，我在浙江工業大學「和山青年論壇」主講了一節「不一樣的金庸」講座，就特別請同學去江湖上闢謠，說不存在這樣組合的「香港四大才子」。豈料當晚看智能手機的新聞，赫然就見到倪匡先生已經闢了謠！他強調四人之中，只有金庸方為才子，其餘三人差了一大截。

再有是「武俠小說三劍俠」，說成是金庸、梁羽生和古龍。

小查詩人有一回在傳媒跟前回話，大意是說只他們三個人的武俠小說可以，其他人的作品都不成。小查詩人這話，當然開罪了所有同期的行家，不過已經很謙虛，把梁羽生和古龍拉到身旁。

這事倪匡先生不能同意，他以前說「高往今來，空前絕後」，近日是「古今中外，無出其右」。陳世驤教授不能同意，他說金庸是「今世猶只見此一人而已」。潘國森也不同意，因為小查詩人是「二十世紀中國最偉大的小說家」，也是只此一人，不是「之一」。林保淳教授也不能同意，他說金庸小說有「排擠效應」，不是金庸本人排擠其他作者，而是金庸風行之後，梁古以外的同期作家都少人問津，只剩下研究武俠小說的學者才會認真的去讀。

（寫小說的金庸與我・之八）

上回談到將梁羽生和古龍雖然是當代稍稍可以與金庸相提並論，但其實還是有很大的差別。金庸、倪匡那一代武俠小說家都受過「還珠樓主」李壽民的影響，還珠是二十世紀上半葉的武俠小說大師。然而正如林保淳教授的結論，金庸小說有「排擠效應」，最後還是只剩下金庸一枝獨秀。

金庸封筆（僅指不再寫武俠）之後，間有「金庸接班人」出現，我呼籲任何人都不要再輕率的說張三、李四是甚麼「金庸接班人」。這樣吹噓是：「愛之，適足以害之。」金庸是中國文學史上面對最嚴苛批評的作家。資深金庸迷看過一個又一個「金庸接班人」的代表作，還很有可能會怒髮衝冠，罵出髒話來！好事之徒就不要坑害後進武俠小說作家了！

有一回，已故中國社會科學院研究員胡小偉老師嘆道：「為甚麼不能拍一回我們可以接受的金庸劇？」此中的「我們」，專指曾經很用心細讀金庸小說的中年男讀者群。胡老這是有感而發，當時有一齣《天龍八部》劇集，製作人大概是擔心主流觀眾群、即是許多未有熟讀原著的女士和小孩，沒有欣賞倒敘情節的能力。於是請嬰兒喬幫主提前出場，先上演了雁門關的一戰！說到胡老，楊興安博士嘗言他就是喬幫主那一類的性格和形象，即是小段皇爺段獃子說的「燕趙北國的悲歌慷慨之士」。

「我們」這類讀者不會接受金庸劇過多改動，小查詩人本人同樣不喜歡。不過電影電視有推廣之功，小查不喜歡也得要包容一二。潘國森讀《射鵰英雄傳》之前，也是先看了已故蕭笙叔在佳藝電視監製的《射鵰》電視劇。蕭笙叔是香港金庸劇的皇牌監製之一，當年看過白彪、米雪領銜的《射鵰》、《神鵰》劇，他倆由少年演到中年，就成為我心目中最佳的靖哥哥與蓉兒。

編劇要改小查詩人的大作亦可以理解。不改就沒有任何貢獻可言，也就沒有了存在價值，那有臉面去支取編劇費？而拿名著改編亦省時省力，不必像自寫劇本那樣而費心去經營，影射冒牌，豈不省事。

此下要再為小查詩人闢一個謠，就是「林青霞的東方不敗是金庸劇的經典人物」此一說法。林青霞小姐確是大美人，余生也晚，沒有怎麼看過「二秦二林」（秦漢、秦祥林、林鳳嬌、林霞）年代的言情文藝電影。青霞姊姊演港產片則見宜古宜今，如《我愛夜來香》，還有在徐克《蜀山劍俠傳》的造型亦極具古典美。

不過她演的「東方不敗」卻是基因改造異形怪物！小查詩人生前曾經指出徐克導演不了解

「同性戀」！現時許多讀洋書多、學中國文史少的小朋友，或會大驚小怪，認為小查「歧視同性戀」。其實小查只是從俗從眾，兩個男人模仿一男一女的愛慾，中國傳統稱為「男風」，小查豈會不識？徐大導竄改的東方不敗，再加美女外型的「西貝貨東方不敗」與大俠令狐沖還有點曖昧事，對小查詩人、對《笑傲江湖》、對獨孤九劍傳人令狐大俠都是嚴重的褻瀆！

我們都知道，徐大導從此再沒有拍過金庸劇，因為小查詩人不讓他再「惡攪」了！

（寫小說的金庸與我・之九）

暴殄天物射鵰宴

小查詩人過世之後，我們一批金庸小說迷在社交媒體開設了一個虛擬的「金庸紀念館」。有網友問香港著名食府鏞記酒家以一個鏞字命名，是否也跟查良鏞先生有關？

這個純屬巧合！鏞記酒家以燒鵝遐邇馳名，已故第一代掌舵人甘穗煇先生外號「燒鵝煇」，可知其擅長炮製燒鵝。甘老早年與一位麥鏞先生合作，鏞記本是茶檔，合作後兼賣廣東燒味，實為強強結合，相得益彰。後來麥先生退股轉行，甘老仍用舊店名，而且生意越做越大，遂至譽滿香江。鏞記燒鵝甚至可以坐飛機！即是旅客攜外賣食盒，帶飛遠方，以饗至愛親朋。故此鏞實不同彼鏞也。

鏞記酒家與金庸小說的關係，就是一席「射鵰英雄宴」，可惜從飲食文化的角度來看，這可算是「壞招牌」之作！小查詩人成名之後，當然嘗遍舉世不同菜系的美食。皆因金大俠所到之處，只要有中國人旅居，必定有忠實讀者粉絲。任誰知道大俠大駕光臨，必然待以上賓之禮，亦必然爭相奉以當地最佳美食。

這一席「射鵰英雄宴」，靈感來自年方十五桃花島小公主黃蓉的虛構廚藝，雖然小查引經據典，內容其實很不靠譜！小查於上世紀五十年代中創作《射鵰英雄傳》，當時未尚創業，仍在報館上班，雖然小說賣個滿堂紅，經濟上仍未算特別富泰，為丟書袋而虛構新菜，成為敗筆。甚麼「好逑湯」（荷葉荀尖櫻桃班鳩湯）、甚麼「玉笛誰家聽落梅」（羊羔坐臀，小豬耳朵，小牛腰子和獐腿肉加兔肉扭在一起的「炙牛肉條」）都是胡說八道。

最荒唐的是「二十四橋明月夜」，書中說把一隻火腿剖開挖二十四個洞，放入球狀豆腐，待火腿蒸熟，「火腿的鮮味已全到了豆腐之中，火腿卻棄去不食」！此乃遊戲文章，讓這道菜傳世，於小查的身後名大大的不利，蹧蹋中國飲食文化，可記一過！

此事反正「難逃公道」，由潘國森率先開罵，無非是「喜笑之批評」，不傷脾胃。總勝過落在江湖上仇家手中造文章。

須知一物有一物之特性，豆腐食制雖多，通常取其口感嫩滑，或做成乾品以增強「咬口」，或炸得外脆內嫩。最重要是豆腐不能吸鹹味和肉香，黃小妹強調火腿「棄去不食」，暴殄天物之至！如此作為，我南海潘氏家廚決不允可！蒸熟一隻火腿，時間當以小時算，豆腐與之同蒸，必然蒸得「老」，還怎麼可以吃？不嫩不滑不鹹，味同嚼臘，如何可以傾倒？

拿金庸小說入面的美饌招徠，其實可以弄個「參合宴」，請姑蘇慕容家兩位小美人做的江浙菜可也！阿朱的「櫻桃火腿」和「梅花糟鴨」、阿碧的「荷葉冬筍湯」（好逑湯的原型？）和「翡翠魚圓」，再加「菱白蝦仁」（新三版改作「白果蝦仁」）和「龍井茶葉雞丁」等等。以上菜色才是「給人吃的」！

今版「射鵰英雄宴」每賣一次，就是累得小查詩人傷害香港粵菜文化一次，以後休得再提！

（寫小說的金庸與我．之十）

劉潘「斧正」金庸聯

上回批評了小查詩人杜撰的食譜，今回再批評小查詩人的歪聯。

上世紀六十年代梁羽生以筆「佟碩之」發表了〈金庸梁羽生合論〉，揶揄金庸（當時還不能算是詩人）的詩聯水平。此後江湖多事！小查詩人「十年生聚、十年教訓」，在推出全新增刪的《金庸作品集》時，自我平反。先是《書劍恩仇錄》和《碧血劍》的回目分別用了新撰七言聯、五言聯；然後《倚天屠龍記》四十句柏梁臺體詩和《天龍八部》五首詞作回目。如此種種，等於在回目的詩詞對聯這個單項上面，技術擊倒了梁羽生。真是君子報仇、十年未晚！（一九六六年到一九七五年剛好是第十年）

不過小查詩人百密也有一疏，他在《鹿鼎記》的後記，自稱用十四部小說的首字寫了一副對聯，曰：「飛雪連天射白鹿，笑書神俠倚碧鴛。」小查此事看來還打了「茅波」，我記得很多年前，好朋友李醫生言道：「《連城訣》本名是《素心劍》。」有理由懷疑小查是為了這副「對聯」而改書名！

潘國森從來都說此聯不好！主要是顯而易見的對仗不工，只能說是「兩個七言句」。小查在

《書劍恩仇錄》的後記提及讀王力先生《漢語詩律學》自學做對聯和作詩填詞。那麼潘國森就請王力大師來壓小查詩人。王大師曾有言，五言聯句起碼要有四字對得好，七言聯句也要五字以上成對。這還是對詩詞中聯句的要求，若是對聯，還當別論。以詞性言，「射白鹿」對「倚碧鴛」尚可，「連天」就對不起「神俠」了。

小查詩人辭世後，我們一批忠實讀者粉絲在社交媒體開的虛擬「金庸紀念館」，這真能招得高手！詩人劉祖農校長指出小查這兩句是「拗句」！通常寫詩可以用拗，對聯則不宜。因十四個字是六平八仄，劉詩人於是「斧正」小查的句，改作合平仄的：

白雪連天神俠射（仄仄平平平仄仄）

倚書碧鹿笑飛鴛（仄平仄仄仄平平）

有了劉校長「詩人指路」，我「潘詩人」大叫「一言驚醒夢中人」，搶先交卷和應。先來平起格：

碧天射俠神鴛笑，
倚鹿連書白雪飛。

再來仄起格：

碧鹿雪鴛飛笑俠，
書連倚白射天神。

有俗儒認為在學術上批評已過世的人是「不夠厚道」，胡說之至！不論學術辯難，還是文學批評，從來都可以論及已過世的先哲前賢。況且潘國森也不是故意等候「我的朋友查良鏞」過世後才對他這副「歪聯」指指點點，實情是我在二零一一年才算學會做對聯寫詩填詞。黃專修師父、李裕韜師父一再鞭策誘掖，再加我本家潘少孟老師示範，潘國森用了不足二十天，由從未做過對聯，到交出第一份格律詩作業。回想起來，還有點似張無忌半天就學會人家七年才練得成的乾坤大挪移第一層。小查詩人由一片空白起步、自學成材；潘國森早通平仄，再加師長指點，所以跟小查詩人的資質比較，還是差了一大截。

劉校長來得正好，此事由他老人家首倡，因長幼有序，正好請他承擔主要責任（或罪名）。將來一部《鑪峰詞話》或會記下這一則：「劉祖農（主犯）、潘國森（從犯）於金庸離世後，『斧正』了『飛雪連天射白鹿，笑書神俠倚碧鴛』的對聯。」

（寫小說的金庸與我．之十一）

編按：劉詩人明言其改句，只改正平仄格式，由拗句改為不拗，並沒有理會對仗是否工整。

金庸學研究這回事，對潘國森不無好處，由此成為一個「作家」，還結識了許多朋友。當年自稱「金庸小說研究二十世紀天下第二」，是為第二本金庸小說研究專著想個宣傳賣點。剛巧此前一位上司對我說：「年青人要assertive（堅定自信）！」香港民間一直是中英雙語並行，日常交談都慣了中英夾雜。自信向來都有，從不怕少、只嫌過多。好！就自認「天下第二」吧！當時香港學界（主要指大學教師界）對於「金庸小說研究」還是有點兒輕視，我那會想到這樣的戲言，原來還有人會當真？

然後「金庸詩詞學」就誕生了！

事緣，台灣遠流出版社的李佳穎小姐問我能不能在他們架設的「金庸茶館」網站開闢一個新欄目，專門講金庸小說中出現過的詩詞。這可是「老革命遇上新問題」了！李小姐來頭可不小，其芳名是在新修版《金庸作品集》的鳴謝清單上有的。美女雖然沒有提甚麼「天下第二」，但我既曾自吹自擂，總不能說沒有怎樣研究過，既是金庸學的重要問題，上天下地都要想辦法，才好保住我「天下第二」的招牌。

與此同時，出席二零零零年北京大學召開金庸小說國際會議，與吳宏一教授在機場初會，他老人家說：「我的論文有提到你。」因為林保淳教授的關係，我老實不客氣地認親認戚稱吳教授為老師，皆因淳哥（小說內有個段正淳、小說外有個林保淳）確是吳老師的及門高弟。吳老師在他的論文指出「潘國森對舊詩詞認識不深」，那真是溫柔敦厚得緊，還鼓勵我研究一下。

開會時台下發言，我便說感覺很溫暖，好像回到求學時期「國文老師出題目，學生回家做作業」。同時正好報告一下，「詩詞金庸」這個欄已經開張營業。吳老師回應說他感到溫暖才是。我如此說並無拍馬屁之意，此時我中學時代最重要的國文老師何學敏何公、黎恭棣黎公都已辭世，許多國學基礎都無人可以請益。

當時已八十多歲柳存仁教授主持這一節討論，他還很幽默地說：「既然有人提到國文老師，其實我也是國文老師，就提醒大家，我們現在因為查（zhā，粵音楂）先生來開會，卻不是查（chá，粵音茶）先生，希望大家都不要再讀錯查先生的姓。」好在潘國森雖然普通話不甚靈光，這事並無失禮，沒有讀錯音。現時海寧查家在香港的子弟都不太究竟，都是「茶先生」了。

吳老師是研究中國傳統詩歌的大家，他特別提到舊版《射鵰英雄傳》引用了清初詩人吳綺的七律《程益言邀飲虎邱酒樓》當中「綺羅堆裏埋神劍，簫鼓聲中老客星」之句，放在桃花島上。

到了第二版刪去，當是小查詩人「憂纔畏譏」，杜絕日後被指「宋人讀清詩」了。因為開了個「詩詞金庸」的欄目，有旅居日本四十年的老讀者來信問「綺羅」兩句的出處和全詩，正好拿吳老師的研究成果去應付。

後來登門拜訪吳老師，他老人家還鼓勵我爭個天下第一，我說當個第二就好，吳老師還誇我有「道家精神」呢！汗顏！其實，我是用了廣府俗語：「我認左（了）第二，無人敢認第一！」

（寫小說的金庸與我・之十二）

金庸館應搬入西九龍

查良鏞先生離世翌日，前香港特區行政長官梁振英先生發文悼念，他指出：「香港應該有一個更好的金庸館」、「香港以金庸為榮為傲」。因為「金庸館開幕應該由特區政府最高層主持，以示重視」，於是「五年行政長官任期內和同事『爭』做主禮的唯一一次」。梁官又認為現時在沙田香港文化博物館內的金庸館未夠完善，結論是：「香港應該有一個獨立的、大規模和地點方便的金庸館，不愁沒有展品，更不愁沒有觀眾。香港不做，恐怕其他城市會搶去做。」

說到獨立的大型金庸館，現成場地就是西九龍文化區！香港百多年文化，我們文有金庸、武有李小龍。他們兩位都以香港為基地，將個人事業推到最高峰。李小龍的電影和武術，徹底改變了當代中國人在世界各地人民心目中的形象；金庸的小說則重建了當代中國人對國族文化的認同。將來故宮博物館的分館會落戶在西九龍文化區，必將成為全區的核心，期望全新的金庸館和李小龍館如「文丞武尉」般代表香港文化拱輔故宮。香港納稅人的血汗就不必亂用在購買不相干的西洋「藝術品」了！

回想二零一七年初香港第一個「金庸館」落戶沙田，這個常設展館有二千多平方呎的空間。

地方雖小，聊勝於無。開幕之日，小查詩人缺席，我心想這個金庸館也真來得太遲了！如果小查身體尚可，他沒有不出席的道理。楊興安博士和我，可算是主講各種形式「金庸講座」的「專業戶」，大概半年之後，我們在文化博物館主講了一次分享會。我向館方建議，類似的文化活動，其實可以每個星期都辦！館長先生笑說這樣不成，按現時的條件只能每幾個月辦一次而已。

在仍未有中國作家獲授諾貝爾文學獎之前，許多金庸小說讀者都很在意為甚麼金庸仍未得此獎，還有是怎樣才可以讓金庸得此獎。有該獎項的評審委員指出，那先得要將金庸小說譯成一種歐洲語文，英文會是首選。我在九十年代刊行的《總論金庸》就曾指出，以一人之力絕對沒有可能譯得像個樣，應要組織一個團隊才有點指望。許多朋友和讀者都不知道，其實潘國森也是「文科生」，還是中英雙語翻譯的專業。我們攬專業翻譯，許多時爭分奪秒，通常將一篇文分為數份，隊員各譯一份，再由隊長修飾，以統一文風。今天全世界各地的年青人都來學中文，金庸小說已不勞再作英譯了。後來終於有中國人拿了諾貝爾文學獎了，卻不是金庸。如果要比較，得獎者的作品還能夠跟金庸小說並駕齊驅嗎？金庸毫無疑問是二十世紀中國最偉大的文學家、小說家。

查良鏞先生辭世已有一段日子，香港是他第二故鄉，我們卻沒見到有甚麼像個樣的紀念活動。惜哉！

二零一八年十一月十三日，筆者在浙江工業大學「和山青年論壇」主講了一節「不一樣的金庸」講座，由構想、聯絡到成事，才不過半個月。內地年青朋友的辦事效率，令潘某人一則以喜、一則以憂。講座結束，浙工大的老師要我題幾個字，不假思索就寫了「讀好金庸、讀懂金庸」，這是對當代中國文學大宗師海寧查良鏞先生的最佳紀念！

（寫小說的金庸與我・之十三・完）

第二章　會議論文

問世間情是何物

（一）

金庸小說博大精深、包羅萬象，有如弱水三千，雖一瓢亦足果腹。然而，金庸小說瘋魔億萬海內外讀者之處，第一當在其多采多姿的愛情故事，第二則在其扣人心絃的武藝描述，至於深層哲理、文學技巧與文化內涵等等反在其次。

金庸小說雖則被歸類為武俠小說，其書實在由情所鑄。諸作中以《神鵰俠侶》最廣受讀者歡迎，銷路亦最高，又號稱為金庸小說情書第一，當中李莫愁再三念誦的「問世間，情是何物」一語，尤為膾炙人口。

此一「情」字究是何物，頗值得討論探索。

原詞出自金代詩人元好問（一一九零至一二五七）的《摸魚兒》：

乙丑歲，赴試并州，道逢捕雁者云：「今旦獲一雁，殺之矣。其脫網者悲鳴不能去，竟自投於地而死。」予因買得之，葬之汾水之上，累石為識，號曰雁丘。時同行者多為賦詩，予亦有《雁丘詞》，舊所作無宮商，今改定之。

恨人間，情是何物，直教生死相許。天南地北雙飛客，老翅幾回寒暑。歡樂趣，離別苦，是中更有癡兒女。君應有語，渺萬里層雲，千山暮景，隻影為誰去。

橫汾路，寂寞當年簫鼓，荒煙依舊平楚。招魂楚些何嗟及，山鬼自啼風雨。天也妒，未信與，鶯兒燕子俱黃土。千秋萬古，為留待騷人，狂歌痛飲，來訪雁丘處。

乙丑歲是金章宗泰和五年（一二零五），即宋寧宗開禧元年。《神鵰俠侶》中雌鵰撞在山石上自殺殉情的一節（第三十八回〈生死茫茫〉），有可能受到這《雁丘詞》的影響。

李莫愁在書中所唱的是另一版本：

問世間，情是何物，直教生死相許。天南地北雙飛客，老翅幾回寒暑。歡樂趣，離別苦，就中更有癡兒女。君應有語，渺萬里層雲，千山暮雪，隻影為誰去。

這三處差異頗為有趣。

「恨人間」的語氣十分堅定，對「情」有深刻的怨懟之意，未夠蘊藉。「問世間」的詞意對「情」顯得很是無奈與迷惘，更有含蓄之美。

「是中」與「就中」同義，但後者比較切合當代人常用語。

「千山暮雪」比「千山暮景」多了一點孤寒之意，去襯托下句「隻影」的淒冷。「暮景」究是甚麼樣的景？「暮雪」的意象就變得更為豐富。至於詞的下半因不合李莫愁的思緒情懷，所以沒有用上。

情是何物？

如李莫愁這般得不到真正愛情的癡人故然要問，甚至楊過與小龍女兩情相悅，矢誓不渝，仍是要問：

楊過低聲吟道：「問世間，情是何物？」頓了一頓，道：「沒多久之前，武氏兄弟為了郭姑娘要死要活，可是一轉眼間，兩人便移情別向。有的人一生一世只鍾情於一人，但似公孫止、裘千尺這般，卻難說得很了。唉，問世間，情是何物？這一句話也真該問。」小龍女低頭沉思，默默無言。

《神鵰俠侶》第三十二回〈情是何物〉

（二）

或謂「情是何物」的「物」是為實物，大謬不然。《說文解字》：「物，萬物也。牛為大物，天地之數起於牽牛，故從牛，勿聲。」這裡的「何物」應當解作「甚麼一回事」、「甚麼東西」。

李莫愁所問即為：「情究竟是怎麼一回事。」

情者，感情也。

人對生物可以有感情（如另一個人、一頭寵物狗），對死物也可以有感情（如珍貴或美觀的物件），對虛無的、不實在的事物也可以有感情（如一個信念、一家機構）。

人與人之間的感情大略可分為三類：有血緣關係的人之間有親情；沒有血緣關係的男女之間有愛情；朋友之間有友情。

親情源於母親對子女的愛護養育。子女因感受母愛而生出反哺之心便成為孝思。父親卻不用十月懷胎，對子女的親情難免比較淡薄，若有感情而且深，則亦源出於對這些小孩生母的愛。故此對子女漠不關心的父親絕大多數同時是不愛妻子的丈夫。兄弟姊妹間的親情則源於由同一個母親撫養提攜。

由核心家庭向外擴張，則父母子女之間的親情便演進成疏屬長輩與晚輩之間的親情。《千字文》：「諸姑伯叔，猶子比兒。」就是這個意思。兄弟姊妹之間的親情又演進成平輩疏屬間的親情，朋友間的友情則是這親情引伸出來。《千字文》：「孔懷兄弟，同氣連枝。交友投分，切磨箴規。」就是這個意思。

於是我們發覺文明社會中人與人之間的情，全部都源於男女之間夫妻（或戀人）的愛情。

李莫愁與楊過要問的「情是何物」，當然是問男女之間的感情，即愛情。

《說文解字》：「情，人之陰氣有欲者，從心，青聲。」

男女之間的愛情必然包含了慾（欲）望在內，對一位異性產生了愛情，當然渴望與對方多多親近接觸，經常在一起，進而長相廝守，這些都是一種慾望。完完全全只付出而不要求任何回報的愛情其實並不真正存在，只因當事人明知自己所愛的人必不會愛上自己，才會想到不顧一切的犧牲自己去為對方。這些情節在金庸小說裡面俯拾即是。當事人的內心深處其實還是希望心上人能夠接受自己的愛。如段譽對王語嫣、儀琳對令狐沖、胡逸之對陳圓圓的犧牲，皆屬此類。

一個人的感情，與及此人對感情的看法，不免受到其人的本性（性格）所影響。《說文解字》：「性，人之陽氣性善者也，從心，生聲。」陽主動而陰主靜，人的「情」就要受他的「性」主導。

故此，人生的感情路最受當事人的性格、性情影響。有些人可以輕易的「移情別向」；有些人卻情願「一生一世只鍾情於一人」，不得回報而自感無怨無悔。結果是喜是悲，便每每繫於一念之間的移與不移，所以楊過便要概嘆「情是何物」。因為他自己不能移情，便不能理解武氏兄弟的行為。

武氏兄弟一度對郭芙的鍾情甚深，為了討好心上人，便扭曲了自己的真正本性去奉迎對方，心既不真，只能逆性而行。一旦發覺這份感情沒有前途，兄弟倆對郭芙的情說移就移，便得到頗為美滿的婚姻，或至少表面上如此，至於他們日後會否對郭芙念念不忘，那就不得而知了。

程英、陸無雙兩表姊妹因為率性而行，不能移情，便要丫角終老，郭襄更在單相思超過二十年以後，在四十歲上出家削髮為尼。

（三）

情由感而動，《說文解字》：「感，動人也，從心，咸聲。」感覺是實，感應是虛，二者同樣能感動人的心。

《周易》上經三十卦講天地間陰陽的大道理，以乾卦與坤卦為首；下經三十四卦講人事為主，以咸卦與恆卦為首。乾卦純陽，坤卦純陰，咸恆兩卦都是陰包陽，咸卦代表感情與戀愛，恆卦代表婚姻與家庭。

《易傳．序卦》：

有天地然後有萬物，有萬物然後有男女，有男女然後有夫婦，有夫婦然後有父子，有父子然後有君臣，有君臣然後有上下，有上下然後禮義有所錯。夫婦之道，不可以不久也。故受之以恆。恆者，久也。

夫婦是家庭的基礎，眾多家庭合起來又組成國家與社會。一男一女初則動了感情，繼而戀愛成熟，最後結為夫婦才可以組織一個像樣的小家庭，生兒育女，開枝散葉。

《易傳・彖・咸》：

> 天地感而萬物化生，聖人感人心而天下和平。觀其所感，而天地萬物之情可見矣。

咸卦的「咸」字，與「感」字相通，即是感應和感動的意思。所以《彖傳》具體的以感說咸。

咸卦兑在上而艮在下，兑為澤，艮為山，高山與沼澤原本一高一低，咸卦的卦象是「男下女」，象徵「山澤通氣」（見《易傳・說卦》）、陰陽互相感應。艮又為少男，兑又為少女，故此咸卦是少男少女相互感應，好比中學生談戀愛，很容易變成只顧目前而不切實際，只知有情飲水飽。金庸小說裡面的愛情故事和我們身處的現實世界沒有兩樣，大多是這種「山澤通氣」。

許多漢字都有正反兩面的意義。咸字從口從戌。戌者，滅也，亦有斧鉞之義。因此，戌與咸皆有創傷之義。

《歸藏易》有欽卦，欽有欽慕、欽悅之義，故與感應、感情亦近義。《馬王堆漢帛書易》的兑上艮下卦亦作欽，可知咸與欽相通，而欽字亦有砍傷義，故亦與咸字字義兩兩相通。

綜合上述，咸與欽好的一面，有感應欽慕之義，於少男少女即可迅速發展為愛情；壞的一面，則代表男女間的愛情容易令人受傷。

咸卦的卦詞吉，爻詞卻多凶：

《易．咸》：「亨，利貞。取女吉。」

《易．咸．初六》：「咸其拇。」

《易．咸．六二》：「咸其腓，凶。居，吉。」

《易．咸．九三》：「咸其股，執其隨，往，吝。」

《易．咸．九四》：「貞吉，悔亡。憧憧往來，朋從爾思。」

《易．咸．九五》：「咸其脢，無悔。」

《易．咸．上六》：「咸其輔頰舌。」

卦詞中的取與娶相通，也就是說少男少女感應感動，只有最終能夠結合才算是吉。

初六與上六兩爻不言吉凶，即是吉凶難料。

九二以不動（居）方可獲吉，有動作則凶，但是兩情感動之際又豈能不動？所以還是凶多吉少！

九三往則吝，亦不利於有所動作，與九二同。

九四是唯一的吉爻。

九五只言無悔，實亦未算全吉。現代人則經常在失戀之後以「無悔」兩字自我解嘲，也可算是一種巧合。

(四)

「夫婦之道」以恆為本，恆卦震上巽下，震為雷、為長男，巽為為風、為長女。恆卦有「雷風相薄」（見《易傳．說卦》）之義。長男在外、長女在內，象徵男女成家之後的狀態；長男在前、長女在後，象徵夫倡婦隨之義。一家之內夫婦如此分工，以維繫儒家之道德倫理，故此古人認為是恆久之徵。西洋童話故事常以王子公主結合為結局，等於只取咸卦而不涉及於恆卦。

恆卦卦詞吉而爻詞多凶吝，更甚於咸卦：

《易．恆》：「亨，旡咎，利貞。利有攸往。」

《易．恆．初六》：「浚恆。貞凶。旡攸利。」

《易．恆．九二》：「悔亡。」

《易．恆．九三》：「不恆其德，或承之羞。貞吝。」

《易．恆．九四》：「田旡禽。」

《易．恆．六五》：「恆其德。貞婦人吉。夫子凶。」

《易．恆．上六》：「振恆。凶。」

「利有攸往」的意義是利於有所行動、利於進取，所以恆卦的吉利範圍遠比咸卦大。但是六爻爻詞之中只有九二最好，但亦只是「悔亡」而已。九四的「田」是田獵之義，田獵而無（旡）收獲，就是徒勞無功，只是還未算凶吝。

六五爻詞利女不利男就更堪玩味。但當中吉與凶為相對之義，實在不必執著於名相，以為夫妻間的利益常會背道而馳至於吉凶截然相反那麼嚴重。

《韓非子・內儲說下》有一則寓言：

衛人有夫妻禱者，而祝曰：「使我無故，得百束布。」其夫曰：「何少也？」對曰：「益是，子將以買妾。」

求神祈望得到意外橫財（這裡的布是春秋戰國時代的一種貨幣）的風俗由來已久，做妻子的不願丈夫發大財，招至丈夫口出怨言，妻子怕的是錢太多會驅使丈夫買妾，那時便是「夫子吉，婦人凶」了！

恆卦爻詞多凶，表明保持「恆久」並非易事。相當於平淡中見不平凡，《易傳・彖・恆》：

日月得天而能久照，四時變化而能久成，聖人久於其道而天下化成。觀其所恆，而天地萬物之情可見矣。

日月運行、四時變化等等都如例行公事，淡然無味，但卻是世界運作所必需。

文明社會中的人為甚麼要談戀愛？

談戀愛的原始意義是找結婚對象。

為甚麼要找結婚對象？

結婚的原始意義是繁殖下一代。

繁殖過程中，雄性哺乳類動物付出少（精液），雌性付出多（懷胎、生產和哺乳）。因此遺傳基因指導之下，雄性的「最佳策略」是「韓信點兵，多多益善」，找越多雌性交配越好；雌性的「最佳策略」卻是「貴精不貴多」，要找最「好」、或至低限度是「很好」的雄性來交配。人雖是萬物之靈，仍是哺乳類動物。這可以解釋為甚麼那對衛人夫婦對天降橫財有不同的想法。發了大財之後，妻子害怕丈夫買妾，卻從沒有想過自己去找婚外的情人鬼混，除了因為婚姻制度和風俗規範之外，亦反映男女的不同心態。

感情、愛意和婚姻能否恆久，在乎雙方的責任心，如日月運行、四時變化一般的平淡。當然還在乎雙方能否甘苦與共。談情說愛時可以指天誓日，信口開河，到了要實踐諾言，又會是另一番光景：

兩人緩步走到山陽，此處陽光照耀，地氣和暖，情花開放得早，這時已結了果實。但見果子或青或紅，有的青紅相雜，還生著茸茸細毛，就如毛蟲一般。楊過道：「那情花何等美麗，結的果實卻這麼難看。」女郎（公孫綠萼）道：「情花的果實是吃不得的，有的酸，有的辣，有的更加臭氣難聞，中人欲嘔。」楊過一笑，道：「難道就沒甜如蜜糖的麼？」

那女郎向他望了一眼，說道：「有是有的，只是從果子的外皮上卻瞧不出來，有些長得極醜怪的，味道倒甜，可是難看的又未必一定甜，只有親口試了才知。十個果子九個苦，因此大家從來不去吃它。」楊過心想：「她說的雖是情花，卻似是在此喻男女之情。難道相思的情味初時雖甜，到後來必定苦澀麼？難道一對男女傾心相愛，到頭來定是醜多美少嗎？難道我這般苦苦的念著姑姑，將來……」

《神鵰俠侶》第十七回〈絕情幽谷〉

情味初甜後苦，實因只知「咸」的激情而不知「恆」的責任。明白「咸」之後必需有「恆」，便可甘苦與共，緩急相隨。金庸筆下有一招式叫作「諫果回甘」，有「識其苦方可嘗其甘」的意味。

一對沒有血緣關係的男女，在成年以後才相識（除了少數青馬竹馬進而結縭者），因感應而生情，因生情而結合，到一起生活，有許多大大小小的問題要切實處理。大事至人生的出處行藏，小事至日常的起居飲食，在在要相互協調，雙方難免會有一些犧牲。因此情花甜美，情實卻多苦，原因就在此中，從沒有想過犧牲、或忽然間感到不值得這樣那樣的犧牲，自然要覺得苦不堪言。

《神鵰俠侶》中楊過與小龍女，郭靖與黃蓉這兩對夫妻在愛情和婚姻上都美滿，就是因為他們知道甘苦與共的道理。楊過為小龍女異於常人的作息習慣犧牲，黃蓉為郭靖對國家民族的承擔犧牲，可見真正的傾心相愛，必然肯為所愛作出合情合理的犧牲，即使苦於一時，始終可得兩情相悅之甜蜜喜樂。

公孫止與裘千尺的一段情，則因雙方不肯犧牲，當初還勉勉強強的略有甜味，後來就變成酸臭苦澀了！

由是觀之，心靈感應、兩情感動之後，還得要保持實質的恆久關係和責任，通常會牽涉到犧牲、諒解、包容與成全。這樣的愛情果實才會有「諫果回甘」之妙。

(五)

情除了是感情之外，還是情志，即情緒和意志。

《倚天屠龍記》中崆峒派有一門七傷拳的絕學，書中說強練這套拳會令到陰陽五行七者皆傷。這與醫家所言七情內傷大異其趣，醫家以喜、怒、憂、思、悲、恐、驚為「七情」，當中喜、怒、思、憂、恐又為「五志」，因為憂愁與悲傷近義，恐懼又與驚慌近義，所以「七情」與「五志」實在沒有太大的分別。

《黃帝內經素問・陰陽應象大論》指出：「怒傷肝」、「喜傷心」、「思傷脾」、「憂傷肺」、「恐傷腎」。

經常憤怒過度的人易得肝病。過度喜樂可以引發心臟病。思慮過度可以影響食慾和消化、令人茶飯不思。憂愁過度可以傷肺、影響人對疾病的抗拒力。恐懼刺激腎上線素分泌，嚴重者會出現失禁。

《黃帝內經素問・舉痛論》指出：「怒則氣上」、「喜則氣緩」、「悲則氣消」、「恐則氣下」、「驚則氣亂」、「思則氣結」。

過度憤怒會使人氣血上逆，通當表現為面紅目赤，甚至嘔血、昏厥。氣緩有良性惡性之別，良性的、適度的喜悅可以緩和人的緊張情緒；惡性的、過度的喜悅可以令人心氣渙散，二者都是緩。過度悲傷會令人意志消沉。恐與驚近義，過度的恐懼驚慌，可以令人失禁，或心神恍忽，慌亂失措。過度思慮會令人心情鬱結不樂。

醫家以「心主神明」，即是將一部份大腦功能歸納於「心臟」的概念之中。《類經》：「心為臟腑之主，而總統魂魄，並該意志，故憂動於心則肺應，思動於心則脾應，怒動於心則肝應，恐動於心則腎應，此所以五志唯心所使也。」

醫家又有「五志過極化火」之說，那是指情緒波動而致影響微生理活動加速、體溫上升，生出一派熱象。

情緒波動可以干擾心臟的正常生理活動，情與志兩字皆從心，可見古人用字的精準。

「情是何物」？

情實為可傷人之物！

惡性的咸與欽發為外傷。

七情五志亢極發為內傷。

男女之間的愛情影響人的七情五志，每每比人生其他問題引起的情緒波動嚴重得多，強烈得多。當中最主要的原因是人與人之間其他種種感情，每因雙方關係清楚明白，如何處理自有社會上的風俗習慣規範，唯獨是熱戀中的男女名份未定，未免多患得患失之心。

(六)

男女之間的感情、愛情既容易傷人，必須明白其化解之道。以陽氣兼善之性，御陰氣有欲之情，庶幾近矣！處理感情問題應以中正平和為主，應當有所節制。「咸」之後要「恆」，即絢爛歸於平淡，轟烈歸於平和。《神鵰俠侶》中最美滿的兩段情，是郭靖黃蓉的情，與楊過小龍女的情，實為典範。

金庸在《神鵰俠侶》的後記寫道：

武俠小說的故事不免有過份的離奇和巧合。我一直希望做到，武功可以事實上不可能，人的性格總應當是可能的。楊過和小龍女一離一合，其事甚奇，似乎歸於天意和巧合，其實卻須歸因於兩人本身的性格。兩人若非鍾情如此之深，決不會一一躍入谷中；小龍女若非天性淡泊，決難在谷底長時獨居；楊過如不是生具至性，也定然不會十六年如一日，至死不悔。當然，倘若谷底並非水潭而係山石，則兩人躍下後粉身碎骨，終於還是同穴而葬。世事遇合變幻，窮通成敗，雖有關機緣氣運，自有幸與不幸之別，但歸根結底，總是由各人本來性格而定。

是為「以性御情」的最佳註腳。

情之為物，建基於人與人之間的心靈感應。

情之為物，最易傷人。

情之為物，其發動於短暫迅速的感應，成就於恆久共信的承擔。以性御情，發乎情，止乎禮，成乎信義，當能化傷害為益蔭。

願天下兩情相悦有情人皆成眷屬。

願天下有情眷屬皆相依相隨，不離不棄。

原載《2000北京金庸小說國際研討會論文集》

「新三版」《書劍恩仇錄》讀後感

（一）

一之為甚，其可再乎？

——殷天正①

金庸的第一部武俠小說是《書劍恩仇錄》，在一九五五年出世，日後除了《飛狐外傳》是在武俠雜誌《武俠與歷史》發表之外，所有作品都在報章上每日連載，最後一部是《鹿鼎記》在一九七二年刊完。在這十多年間洛陽紙貴，書商每天鈔錄小說內容，非法盜版成各種單行本，這些「第一版」金庸小說，可以稱為「盜印舊版」或「舊版」，基本上就是原來在報上發表的模樣。

金庸在一九七〇年開始著手全面修訂他的武俠小說，第一部修訂版亦是《書劍恩仇錄》，在

① 《倚天屠龍記》第二十回〈與子共穴相扶將〉寫明教白眉鷹王殷天正與武當派莫聲谷交手，被莫用劍刺傷，卻手下留情，沒有抓碎對方的肩骨，便說了這八個字。典出「假途滅虢」的故事中，宮之奇諫虞君的一番話，見《左傳·僖公五年》。作者用這個典，是因為天鷹教暗算武當三俠俞岱岩，陰差陽錯之下，令俞受金剛指所傷，終生殘廢。殷天正不願再傷武當七俠。

一九七五年面世，以後各書陸續出版，到一九八〇年修訂版《鹿鼎記》完成。這套新的《金庸作品集》是作者自己認可，可稱為「修訂二版」或「修訂版」。

「修訂二版」陸續面世，讀者議論紛紛，綜合各方意見，書中內容既有新不如舊、亦有舊不如新。

筆者在一九八四年開始有系統地研究金庸小說，第一步便是勾勒出「修訂二版」的訛誤，頻年以來，仍陸續有新發現。筆者著眼的訛誤，只在於前後不符、或資料上較大的錯誤。至於人物情節合理不合理，則一概不考慮，畢竟這些爭議都可說見仁見智。

踏入二十一世紀，金庸推出「新三版」顯示出作家以極嚴肅態度對待自己作品，但是有得亦有失。

所得者，是作者有多一個機會肅清作品中的錯誤，需知金庸小說要面對的嚴苛批評，縱未「絕後」，亦必「空前」。有不少論者要求金庸符合歷史、符合現實人生、甚至符合科學定律。這在中國文學史上，可說從未有人受到如此「禮遇」。

所失者，改動恐怕永無止境。小說本身畢竟是虛構的文學作品，並不是依著世上發生過的實事來寫，不論怎樣改，都絕不可能完全符合每一位讀者的要求。

金庸曾表示這次新版面世後，以往舊版都取消作廢！

但這個恐怕只能是作者的一廂情願！我們讀者以真金白銀的買「修訂二版」，貨銀兩訖，作者豈能單方面撕毀合約？

戲劇小說有多過一個結局已經日漸流行，作廢甚麼的又怎麼可以執行？

「作者有政策，讀者有對策」便是。

金庸創辦《明報》，有共事者將《倚天屠龍記》裡面英材濟濟[1]的明教與金庸領導的《明報》比擬，金庸亦自稱最愛小昭，但是「香港明教教主」卻從沒有把波斯明教總教主的聖訓懿旨放在心上，小昭總教主的招牌名曲有「天地尚無完體」之句[2]。既然如此，又何必精益求精？金庸小說已是中國文學史上章回小說的殿軍，後不能再有來者。既為二十世紀中國章回小說第一，改了仍是第一，又何必多此一舉？出了廿一世紀版，亦無非多拿一個廿一世紀中國章回小說第一而已。

不弄這個「新三版」，一句「天地尚無完體」就可了事；弄出了「新三版」還有錯，那還能怎麼辦？

①少林耆宿渡厄盛讚張無忌：「……貴教英材濟濟，閣下更是出類拔萃……」見《倚天屠龍記》第三十六回〈天矯三松鬱青蒼〉。

②見《倚天屠龍記》第二十回〈與子共穴相扶將〉。

二

這一回為了「新三版」出世而重讀《書劍恩仇錄》，是筆者讀金庸小說二十多年以來最吃力的一次，因為要把「修訂二版」和「新三版」放在一起並讀，找出改動了的地方。發現「新三版」中仍有可挑剔的毛病。

第一類毛病是在「修訂二版」出錯，多年來未有察覺，於是「新三版」便未能改正，繼續錯下去，這些筆者也是首次發現。

如辰州言家拳掌門人言伯乾的左眼，早就在涼州府衙被金笛秀才余魚同用金笛發短箭打瞎了①，後來言伯乾在孟津寶相寺用「僵屍拳」與文泰來的死前一戰，瞎了的眼睛竟似是復明了②：

「他雙目如電，勾魂懾魄的射向敵人……文泰來和他目光甫③接，機伶伶的打個冷戰……」

---

①少林耆宿渡厄盛讚張無忌：「……貴教英材濟濟，閣下更是出類拔萃……」見《倚天屠龍記》第三十六回〈夭矯三松鬱青蒼〉。

②見《倚天屠龍記》第二十回〈與子共穴相扶將〉。

③「修訂二版」作「目光一接」，新三版改作「目光甫接」。「新三版」類似的改動甚多，許多在「修訂二版」的「一」，都改了措詞，不具引。

又如乾隆南巡至杭州，向浙江布政使尹章垓催糧，尹章垓一面叩頭，一面說「臣該死」①。須知清制臣子對著皇帝自稱「奴才」而不敢「稱臣」；皇帝對臣下也從不敬稱為「卿」，只是直斥為「爾」。近年國內清宮「歷史」劇集大行其道，甚至有皇帝對臣下以「愛卿」相稱的情節，容易誤導年青觀眾。

第二類是在「修訂二版」對的，卻在「新三版」改錯了。

如文泰來力戰福建少林達摩院上座元字輩三僧，在三僧的兵刃中穿插閃避，兵刃數目由「修訂二版」是四件著改成「新三版」的三件②：

……當下呼呼連劈三刀，從三件兵器的夾縫中反攻出去……

……一個胖大和尚（元痛）走了出來，倒拖著一柄七尺多長的方便鏟……

……眼前白光閃動，一個和尚（元悲）使兩把戒刀，直砍過來……

……蓬的一聲，一條禪杖直打入土中，泥塵四濺，勢道猛惡，一個矮瘦和尚（元傷）橫

①見《書劍恩仇錄》第七回〈琴音朗朗聞雁落　劍氣沉沉作龍吟〉。
②見《書劍恩仇錄》第十九回〈心傷殿隅星初落　魂斷城頭日已昏〉。

杖擋路。

作者和編者都忘記了這個惹麻煩的元悲和尚原來是使雙刀的！

還有乾隆皇的名諱，「修訂二版」是正確的「弘曆」（曆法的曆），「新三版」改成了「弘歷」（歷史的歷）。這在國內沒有問題，因為曆法的曆和歷史的歷，在簡體字都是一個寫法，但是在香港和台灣卻不可以，是「寫」了別字！

補救之道，筆者卻也想到，就說是：「謹避高宗純皇帝廟諱改作『歷』。」皇帝的名不可以讓草民亂寫，也只好這樣解釋了。

「新三版」中也有改錯到不能自圓其說的地步，如陳家洛與趙半山夜探浙江撫衙，遇上乾隆大罵尹章垓的那個晚上，陳家施展輕功窺視敵情[1]：

……陳家洛見行藏未被發覺，雙腳勾住屋樑，掛下身子，舐濕窗子（紙），張眼內望。……

[1] 見《書劍恩仇錄》第七回。

「修訂二版」只是「舐濕窗紙」弄個小洞，「新三版」改成「舐濕窗子」！陳總舵主幾時拜在「西山一窟鬼」吊死鬼（《神雕俠侶》）的門下？沒有一條長舌，又怎能舐濕一整個窗子？

此外有些資料補充，實是可有可無。

例如與皇兄弘時爭位的敘述，可能是受了二月河的《雍正皇朝》影響。例如乾隆皇解釋為陳世倌立廟的道理，「修訂二版」[1]是：

……令尊生前於我有恩，我所以能登大寶，令尊之功最鉅……

在「新三版」[2]改成：

……令尊生前於我有恩，當年我皇兄與我爭位，陰謀加害，全仗令尊捨命保護，我所以

①見「修訂二版」《書劍恩仇錄》第八回〈千軍嶽峙圍千頃　萬馬潮洶動萬乘〉。

②見「新三版」《書劍恩仇錄》第八回。

能登大寶，令尊之功最鉅……

「修訂二版」原本簡單地敘述：①

……允禎此時已有一子，但懦弱無用，素來不為祖父所喜，他知道在這一點上吃了虧……湊巧陳世倌生了個兒子，就強行換了一個。

「新三版」加入了弘時這個人物：②

胤禎此時初生之子弘暉早夭，膝下的兒子弘時相貌猥瑣，不為祖父所喜……湊巧陳世倌生了個兒子，生得唇紅面白，眉目清秀，就強行換了一個。

①見「修訂二版」《書劍恩仇錄》第十一回〈高塔入雲盟九鼎　快招如電顯雙鷹〉。
②見「新三版」《書劍恩仇錄》第十一回。

若要「雞蛋裡挑骨頭」，則要初生嬰兒「唇紅面白」大不容易，「眉目清秀」更難。依照《書劍恩仇錄》的故事發展，雍正換子之事當在孩子滿月之前，可以歸類為「不合情理」、「不現實」、「不科學」了。

然而二月河的《雍正皇朝》雖然被視為「歷史小說」，歪曲史實之處仍然頗多①。「修訂二版」《書劍恩仇錄》對於陳世倌的「恩」和「功」寫得含糊其事較為高明，「新三版」加了內容，實是畫蛇添足，仍是不符史實。

三

以篇幅來講，有幾個比較大的改動。

一個是第十八回〈驅驢有術居奇貨　除惡無方從佳人〉，刪去了阿凡提為回民排解紛爭的描寫。以往有論者批評這些故事借用得太明顯，現在刪了更好，。

①《雍正皇朝》誇大了雍正的私德和繼位後諸弟對他的威脅，當年有許多論者鼓吹將電視劇作為歷史科教材用。八弟阿其那、九弟塞思黑都死在雍正四年，弘時在這一年被除宗籍，五年暴斃，不能與弘曆爭位，見潘國森〈歷史不容歪曲〉，載於《明報》，1997年7月18日。

另外改了求和玉瓶上美人的來歷，董千里先生評為：

送子女玉帛求和，那是部落時代傳下來的戰爭法規，任何地區及種族均無例外，木卓倫族長應無不知之理，乾隆亦無辜負美意之理。所以如根據這個傳統法則，乾隆納香香公主乃名正言順之事，與一般的惡霸強搶婦女完全不同。①

現在由香香公主的肖像，改為回族美女瑪米兒的畫像，問題就解決了。

另一個是第十九回〈心傷殿隅星初落　魂斷城頭日已昏〉紅花會在德化遇上徐天宏的仇人方有德一大段都刪了，主要是懷孕七八個月、臨盤在即的周綺大鬧方府的情節。補充了方有德在攻毀福建少林的角式，並為他後來忽然在寶月樓現身護駕張本，便沒有那麼突兀。

還有改動了白振的下場，「新三版」不再自刎，改為打不過陳家洛之後，棄下皇帝逃命，變成不忠之人。

至於陳家洛輕信哥哥一事，「修訂二版」除了天山雙鷹，其他人都無異議，「新三版」在不

①見董千里〈《書劍》的兩條主線〉，載《諸子百家看金庸》，台北，遠景，1984。

同地方加入了各人懷疑，更突顯陳家洛的愚昧。

新加〈魂歸何處〉一章，又點明陳家洛為了秉承義父的遺志，必須找皇帝哥哥合作，減輕了陳家洛輕率的失誤。再加阿凡提的開導，用《可蘭經》解釋香香公主雖是自戕，但是與戰死無異，不必墮入火窟。

〈魂歸何處〉一章也有敗筆，與原文格格不入：

那老者乃武當派名宿陸菲青，他文武全才，退隱時武功固然沒有荒廢，更多讀詩書，以致去做了李可秀總兵府中的教書先生……

這幾句實在是畫蛇添足，讀者既讀完了一整部《書劍恩仇錄》，陸菲青是怎樣的人物難道還不清楚？

金庸倒似是恐怕讀者不知。如此詳加解釋，倒是梁羽生常用的囉嗦筆法，金庸實在不應該去學梁羽生。

四

「新三版」《書劍恩仇錄》改動最多、影響最大的，是陳家洛對霍青桐的態度。

首先是霍青桐的美貌改變了，「修訂二版」是：①

……那女郎秀美中透著一股英氣，光采照人，當真是麗若春梅綻雪，神如秋蕙披霜，兩頰融融，霞映澄塘，雙目晶晶，星射寒江。

「新三版」是：②

……那女郎秀美中透著一股英氣，光采照人，當真是麗若冬梅擁雪，露沾明珠，神如秋菊披霜，花襯溫玉，兩頰暈紅，霞映白雲，雙目炯炯，星燦月朗。

①見「修訂二版」《書劍恩仇錄》第一回〈古道騰駒驚白髮　危巒快劍識青翎〉。

②見「新三版」《書劍恩仇錄》第一回。

為甚麼要改？「兩頰融融」、「雙目晶晶」都不夠「英氣」，「星射寒江」又過於猛烈。新面貌加強了白裡透紅的效果，目光又沒有那麼凌厲。

霍青桐的美貌令陳家洛神魂顛倒：①

……霍青桐卻體態婀娜，嬌如春花，麗若朝霞，先前專心觀看她劍法，此時臨近當面，不意人間竟有如此好女子，一時不由得心跳加劇。……

知好色而慕少艾實是人之常情，那也沒有甚麼大不了。到得李沅芷現身，勸霍青桐先查看包袱，得知內裡並無經書，然後對霍青桐「摟著肩膀」、「耳邊低語」，陳家洛的人品性情便露出來了，「修訂二版」只是：②

這一切陳家洛都瞧在眼裏，見霍青桐和這美貌少年如此親熱，心中一股說不出的滋味，

①見「修訂二版」《書劍恩仇錄》第一回〈古道騰駒驚白髮　危巒快劍識青翎〉。

②見「新三版」《書劍恩仇錄》第一回。

不由得獃獃的出了神。

「新三版」的打擊更大①：

> 這一切陳家洛都瞧在眼裏，見霍青桐和這美貌少年如此親熱，猛然間胸口似乎中了一記重拳，心中一股說不出的滋味，頭暈口乾，不由得獃獃的出了神。

及至尋回經書，陳家洛拒絕了霍阿伊、霍青桐兄妹相助，霍青桐心知肚明，便叫陳家洛去問陸菲青他的徒弟是甚麼人，「瞧我是不是不知自重的女子」，這話語氣很重。「新三版」加了一大段②，更影響了陳總舵主的人品：

> 陳家洛聽她言語中似含情意，不覺心意微動，但隨即想到那美貌我少年的模樣，秀眉俊目，唇紅齒白，可比自己俊美得太多了。陳家洛素來自負文才武功，家世容貌，同儕中罕有其比，忽

---

①見「新三版」《書劍恩仇錄》第四回。

②見「新三版」《書劍恩仇錄》第四回。

然間給人比了下去，心頭沒來由的一陣悵惘，這次相救文泰來功敗垂成，初任總帥便出師不利，未免掃興，本來心頭一熱，想趕上去再跟她說幾句話，沮喪之餘，只跨出兩步，便即止步。

金庸加入了陳家洛「妒忌」李沅芷比自己俊美，此後再三強調。接下來竟然想及婚事[1]，又似乎走得太遠了：

……一個念頭猛地湧上心來：「漢回不通婚，他們回人自來教規極嚴，霍青桐姑娘對我雖好，但除非我皈依回教，做他們的族人，否則多惹情絲，終究沒有結果，徒然自誤誤人，各尋煩惱而已。」「我對回教的真神並不真心信奉，如為了霍青桐姑娘而假意信奉，未免不誠，非正人君子之所為。豈不遭人輕視恥笑？」……

與人家漂亮女郎初相識不久、便如此想入非非，陳家洛的人品又差勁了許多。

此後，在西湖輕易打敗了女扮男裝的李沅止，差一點碰到李沅止的胸口，還被罵「下流」，

[1] 見「新三版」《書劍恩仇錄》第五回

又加重了陳家洛的妒忌心[1]：

……陳家過招大佔上風，極感快慰，忽地心頭掠過了霍青桐的俏麗身影。

這樣倒似是《鹿鼎記》中韋小寶與劉一舟、鄭克塽等人爭風呷醋的情狀。

在「修訂二版」，陳家洛要到了在迷城再會李沅止才知道對方是女兒身，「新三版」就改成一直有懷疑。

陳家洛騎了白馬去報訊，「修訂二版」是[2]：

……陳家洛得知關東三魔要去找霍青桐報仇，甚是關切，翠羽黃衫的背影在大漠塵沙中逐漸隱沒的情景，當即襲上心頭，但想到那李姓少年和她親密異常的模樣，以及陸菲青所說他徒兒與她兩相愛悅的言語，又覺自己未免自作多情，徒尋煩惱，然而將心頭的思念置之度外，卻又不能。

①見「新三版」《書劍恩仇錄》第八回。
②見「修訂二版」《書劍恩仇錄》第十三回。

「新三版」連一個「醋」字也用上了[1]：

……陳家洛得知關東三魔要去找霍青桐報仇，甚是關切，翠羽黃衫的背影在大漠塵沙中逐漸隱沒的情景，當即襲上心頭。但想到那李姓少年和她親密異常的模樣，雖看出那少年似是女扮男裝，但這人容貌秀美，倒似做戲的小旦兒一般，心中瞧他不起，而霍青桐英氣逼人，又似渾不將自己一個紅花會總舵主瞧在眼裡，雖蒙贈以短劍，心中醋意萌生，總覺難以親近，每當念及，往往當她是個英俠好友，卻難生兒女柔情。

這裡就出了矛盾，霍青桐向來都十分的將陳總舵主「瞧在眼裡」，陳總舵主亦然[2]。現在改了，陳家洛變得既矛盾而反覆，但是這卻不算在人物情節上的犯駁，更突顯了陳家洛性格上的弱點，對李沅止既怨且妒。

到了知道霍青桐與香香公主是親姊妹，「新三版」又加了陳家洛的自卑，覺得不及李沅止俊

①見「新三版」《書劍恩仇錄》第十三回。

②周綺埋怨陳家洛「瞧人家不起」，見《書劍恩仇錄》第四回。事實上卻「大大的瞧得起」，見潘國森《解析金庸小說》，香港，次文化，1999，頁19。

美，「修訂二版」是[1]：

……自那日與霍青桐一見，不由得情苗暗茁，但見她與陸菲青的徒弟神態親熱，自以為她已有愛侶，只得努力克制相思之念。這幾日與一位絕代佳人朝夕相聚，滿腔情思，不自禁的早轉到了白衣少女身上。此刻並見雙姝，不由得一陣迷惘，一陣恍惚。

「新三版」添磚加瓦[2]：

……自那日與霍青桐一見，雖然情苗暗茁，但見她與陸菲青的徒弟神態親熱，以為她已有愛侶，而這少年又比自己俊美得多，自己遠遠不及，明知無可比併，就此置之度外，盡量不再思念。這幾日與一位絕代佳人朝夕相聚，滿腔情思，早轉到了白衣少女身上。此刻並見雙姝，不由得一陣迷惘，一陣恍惚。

[1] 見「修訂二版」《書劍恩仇錄》第十四回〈密意柔情錦帶舞　長槍大戟鐵弓鳴〉。
[2] 見「新三版」《書劍恩仇錄》第十四回。

其實陳家洛的移情，在「修訂二版」就是三個原因，一是妹妹比姊姊更美，二是李沅止引起的誤會，三是霍青桐太過能幹。「新三版」又加了①：

……是的，我敬她多於愛她，我內心有點兒怕她。……當日在西湖三潭映月和李沅止動手之後，我已明明白白的知道她是女子。此後我對喀絲麗情根深種，只有情不自禁的狂喜，從未想到這是有負於霍青桐。陳家洛，你負心薄倖，見異思遷，那就是了，豈能為自己的薄德開脫？

假如陳家洛不知李沅止是女兒身，那只有胡塗一條罪；知道了仍是如此這般，就是人品不夠正派。「新三版」加重了陳家洛的反覆，更表達了他優柔寡斷的性格，到了香香公主忽然在毫無示警的情況下「偎郎」，陳家洛便不得不做「負心的人」。

然後李沅止的女兒身揭穿了，不能是霍青桐的意中人。在「修訂二版」陳家洛這時才如夢初醒，「突然失魂落魄的出神」②。「新三版」陳家洛心想「原來這人果是女子？……」③這個「果」字是「修訂二版」所無。

---

①見「新三版」《書劍恩仇錄》第十七回。

②見「修訂二版」《書劍恩仇錄》第十五回〈奇謀破敵將軍苦　兒戲降魔玉女瞋〉。

③見「新三版」《書劍恩仇錄》第十五回。

五

金庸用兩個事件，落實了陳家洛心中沒有甚麼「匈奴未滅，何以家為？」[1]而是棄姊愛妹，第一件事是臨別贈玉（乾隆給他日後的心上人），第二件事是在福建見到紅花和蝴蝶便憶妹忘姊[2]。

金庸為甚麼要在李沅芷引起的誤會上，做這樣重大的改動呢？是為了減輕陳家洛移情的過失？

加上〈魂歸何處〉引《可蘭經》的解說，減輕害死香香公主的失誤，當可作如是觀。

但是無論如何，寫陳家洛「妒忌」李沅芷比自己俊美，那就不成一個大丈夫，而是女流之輩的所為。所以陸菲青批評他「兒女情長，英雄氣短」是對，讚他「看得開，放得下」、「領袖群倫」就不對了[3]。

陳家洛是甚麼模樣？

---

①見「修訂二版」《書劍恩仇錄》第十八回〈驅驢有術居奇貨　除惡無方從佳人〉，「新三版」《書劍恩仇錄》第十九回。

②同上。

③見《書劍恩仇錄》第十八回。

可以先借陸菲青的眼中道來①：

……持白子的是個青年公子，身穿白色長衫，臉如冠玉，似是個貴介子弟。……

周仲英的第一印象則是②：

……輕袍緩帶，長眉玉面，服飾儼然是個貴介公子……

然後又在徐天宏和駱冰面前盛讚陳家洛人品俊雅③。如此種種，很難令人信服陳家洛為甚麼在女扮男裝的李沅止面前這樣的沒有信心。

諸般動作的結果，可以括概成一句話，就是：「陳家洛的人品改差了。」

總體來說「新三版」的《書劍恩仇錄》並沒有比「修訂二版」有太大的改進，畢竟「修訂二

①見《書劍恩仇錄》第二回〈金風野店書生笛　鐵膽荒莊俠士心〉。
②見《書劍恩仇錄》第三回〈避禍英雄悲失路　尋仇好漢誤交兵〉。
③見《書劍恩仇錄》第四回。

版」的水平已經很高。

金庸要花這樣大的心力去再修訂風行世界二十多年的「修訂二版」，是為了回應這些年來讀者的批評，近年金庸小說進軍國內，面對許多先前在香港台灣和海外未遇過的稀奇古怪評語，無論怎樣改，終究要被吃文學研究這行飯的學者吹毛求疵的惡評，甚至在古代世界沒有講「現代意義上的愛情」①要捱罵，「戲說歷史」②也要捱罵。

明教總教主韓小昭說道：「天地尚無完體。」何必要改？

金庸的好朋友董千里先生早就提出③：

> 世有冬烘，專喜反對小說與戲劇中不符合歷史事實的地方，如香妃有無其人，董小宛曾否入宮，乾隆是否漢裔等等，他們以為這些都必須依照考證的結果編為小說與戲劇，然後方不致「教壞人」云云。持此說者顯然不知有所謂「藝術的真」，或雖知而拒絕接受，那也沒有法子。……

① 見袁良駿《武俠小說指掌圖》，北京，新華，2003 年，頁 246。
② 同上，頁 248。
③ 同 15。

二十年多前的結論，可以解答今天的疑問。然而金庸小說「教壞人」近半個世紀，讀者也「壞」得不差，再「壞」下去也無妨。

（原載《金庸小說2003年浙江嘉興國際研討會論文集》）

武俠小說與遊記文學——跟隨紅花會群豪的遊蹤

摘要

「旅遊文學」與「遊記文學」只一字之差，兩者的涵蓋範圍按字面義當有開闔。本文選用「遊記文學」的提法。當代研究認為「遊記文學」涉及作者「所至」、「所見」和「所感」。本文以此審視自秦漢以來，迄於民國的許多經典傑作，都未必便集齊這「三所」。中國武俠小說有其獨特時空背景的設定，便常有涉及將「三所」融入人物故事情節之中。本文以《書劍恩仇錄》為例，疏理作者「遊記文學」的筆法。

關鍵詞：旅遊文學、遊記文學、武俠小說、書劍恩仇錄

（一）旅遊文學與遊記文學之別

古諺有云：「讀萬卷書，不如行萬里路。」這是當代中國讀書人耳熟能詳的雋語，如果大家不認同這個說法，那就不必有今天的聚會。

這次「金庸文學山水國際學術研討會」是「第五屆世界華文旅遊文學國際學術研討會」的一部分，姑且由「旅遊文學」談起。

「旅遊文學」可能是源於英語的「Travel Literature」，有幾個分支：

（一）「戶外文學」（Outdoor Literature）

如美國作家馬克吐溫（Mark Twain, 1835-1910）的半自傳體小說《苦行記》（Roughing In）。

（二）「探險文學」（Exploration Literature）

如威尼斯人馬可孛羅（Marco Polo, 1254-1324）的遊記《東方見聞錄》（The Travels of Marco Polo，又名《馬可孛羅遊記》）。

（三）「歷險文學」（Adventure Literature）

如英格蘭作家笛福（Daniel Defoe, 1660-1731）的代表作《魯濱孫漂流記》（Robinson Crusoe），一部以真人經歷為藍本的小說。

（四）「自然寫作」（Nature Writing）

如達爾文（Charles Darwin, 1809-1882）的《物種起源》（The Origin of Species），一部博物學著作。

（五）「旅遊指南」（Guide Book）

旅遊指南是介紹單一旅地點為題材的專著，通常以遊客為主要對象。旅遊指南作者的身份可能很蕪糊，當中有些用筆名發表，讓讀者無從得知其真正身份。這類專著還可能過於集中在介紹消費熱點，有很大的時間局限，如物價變化，消費點停業等等。因為以上種種原因，旅遊指南較難被文學研究者視為「文學作品」，專門介紹「娛樂場所」的指南（有時被虐稱為「嫖妓指南」）更甚。

因為旅遊指南的原故，本文將會討論「遊記文學」而不是「旅遊文學」。

（二）中國文學史上較傑出遊記文學

何謂遊記文學？

有研究者認為遊記應該包括作者所至，所見和所感。①

無論我們談「旅遊文學」還是「遊記文學」，總應有以上三「所」中的最少一項。

從另一個角度來看「遊記」，自然離不開「遊」和「記」：

「遊」是「記」的文學內涵，「記」是「遊」的文學體式。②

---

①「遊記……應該包括三個因素：第一，所至，即作者遊程；第二，所見，包括作者耳聞目睹的山水景物，名勝古跡，風土人情，歷史掌故，現實生活等。第三，所感，即作者觀感，由所見所聞而引發的所思所想。」梅新林、俞樟華主編，《中國遊記文學史》，上海學林出版社，二零零四，頁2-3。

②同(41)，頁3。

中國遊記文學起於何時？

有人認為起於魏晉①，不過早在先秦兩漢，已經有不少粗具「所至」、「所見」和「所感」的遊記文學雛型，如《詩經》、《楚辭》不少篇章都有涉及中原地區和大江南北的風土人情。

漢興以後，有更多時人遊學於當時國境的記載，如司馬遷（生卒年無定論，約生活在公元前二至一世紀）的足跡就踏遍漢室過半的郡②，只未到過嶺南和西北。司馬遷的《史記》是中國歷史上第一部紀傳體史學著作，絕不能當作「遊記」來看待，雖則他在寫作和搜集材料的過程中曾經在各地遊歷，而他的「所至」、「所見」、「所感」也有融入不同的篇章段落之中。

揚雄（前53-18）的《方言》（全名《輶軒使者絕代語釋別國方言》③）是另一部可能涉及大量遊歷的古籍。這部漢語方言學的經典巨著可能是集體創作，未必一定是揚雄一人之功，也正因為《方言》的編撰目的在於搜集各地方言，書中記錄的詞語地域範圍廣泛，遍及當時漢室大部分郡國，是中國「共時語言學」的經典紀錄，亦不宜被視作「遊記」。

① 同（41），頁7。

② 《史記・太史公自序》：「（遷）二十而南游江、淮，上會稽，探禹穴，闚九疑，浮於沅、湘；北涉汶、泗，講業齊、魯之都，觀孔子之遺風，鄉射鄒、嶧；戹困鄱、薛、彭城，過梁、楚以歸。於是遷仕為郎中，奉使西征巴、蜀以南，南略邛、筰、昆明，還報命。」

③ 東漢應劭（生卒年不詳，靈帝獻帝間曾任官）《風俗通義・序》有云：「周秦常以歲八月遣輶軒之使，求異代方言，還奏籍之，藏於秘室。」

然後有西晉初左思（約250-305）的《三都賦》（實是《蜀都賦》、《魏都賦》和《吳都賦》等三篇獨立的賦文，再加一篇《三都賦序》），賦中所述不限於魏蜀吳三國都城，也涉及三國的概況。「三都賦成，洛陽紙貴」的典故是到二十一世紀今天仍然常被中國文士用來讚美別人的作品暢銷。

然後有酈道元（?-527）《水經注》和楊衒之（北魏人，生卒年不詳）《洛陽伽藍記》。酈著是一部地理書，除了中國古代河流之外，還介紹了這些河流經過地方的動植物、礦物和化石等資料，因此同時是有博物學的內容。楊著則記載了洛陽當時佛教建築（伽藍是梵語，指僧團共住的園林，借指漢土佛教的寺院）的面貌，集歷史、地理、佛教與文學於一身。以上左思、酈道元和楊衒之的傑作，堪稱魏晉（南北朝）間中國遊記文學的代表作。

再有唐代玄奘法師（602-664）口述、辯機（?-649，卒年約三十）筆錄的《大唐西域記》，書中記錄了玄奘法師長達十九年的旅遊經歷，介紹今天新疆和南印度一百多個國家的風土人情，提供大量印度史的資料。如介紹當時天竺的種性制度，由這個制度引發的社會矛盾到了二十一世紀的今天仍然困擾著印度這個大國。

唐代以格律詩為一代的文學作品代表，當中的「邊塞詩」甚少被視為「遊記文學」，可能因為在「所至」、「所見」、「所感」三「所」之中，過份偏重「所感」而反戰味道過濃吧！

當代中國讀書人可能更熟悉唐宋八大家之一柳宗元的《永州八記》，我們當中應該有許多人在中學時代就讀過其中一記。《永州八記》屬於「散文體遊記文學」，篇幅比較短，一般被認為曾經從《水經注》中吸取養分。可是《永州八記》的筆觸帶點凄涼，當與作者當時被貶為地方官而至心情鬱悶有關。

宋代的「散文體遊記文學」多見背離「三所」齊備的要求。如范仲淹（989-1052）的《岳陽樓記》，是作者最重要的散文作品，文末的「先天下之憂而憂，後天下之樂而樂」更是中國讀書必讀的佳句。可是，後人考證普遍認為范仲淹未到過岳陽樓而憑空寫作，以「所感」為主。

王安石（1021-1086）的《遊褒禪山記》，篇名有齊「遊記」兩字，但是通篇不能算真的以「遊」為內涵，主要是抒發一己「所感」，大談「志」、「力」，是為唐宋「散文體遊記文學」的一大特色。

到了蘇軾（1037-1101）的《赤壁賦》，則體現出作者思想境界的超脫，是更偏重「所感」的遊記了，以這樣的寫作中心思想而論，不是赤壁而是其他古跡也同樣可以借題發揮！

此下要談談一部跟金庸武俠小說可以扯上關係的遊記，就是全真教第七代掌教李志常（1193-

1256）的《長春真人西遊記》，其師丘處機（1148-1227）在《射鵰英雄傳》和《神鵰俠侶》兩部巨著中有相當戲份。歷史中的丘處機與成吉思汗同年去世，全真教亦與金元皇室關係良好①。本書是研究中亞史、蒙古史、中國道教史的重要參考著作，在《射鵰英雄傳》的附錄中有介紹，不贅論。

還有明末旅遊家、地理學家徐宏祖（1587-1641）的《徐霞客遊記》，我們大部分人上中學時都會讀過一些選段。作者長年外遊走遍中國十六省，他的力作是以上所述最具現代意義的「遊記文學」。不過作為一位旅行家，徐氏在旅途中也有過稍嫌擾民的行為②。

清代沈復（1763-?）的《浮生六記》中有〈浪遊記快〉，篇名亦見「遊記」二字連用，不過講的涉及「浪遊」，記述召妓之事，此所以中學時代我們能稍讀其〈閒情記趣〉。

民國時代，或當以朱自清（1898-1948）的《歐遊雜記》最為當代中國讀書人所知，畢竟一個中學中國語文科課程甚少缺了要讀朱自清的作品，於作者的簡介亦必提及他的《歐遊雜記》。與前文介紹的「遊記文學」相比，本作最貼近今天中國人理解的「遊記文學」，而且作者的遊蹤所及，都是西歐的熱門旅遊點。

① 金庸將王重陽和全真七子的活動年代大幅後移，事實上丘處機是七子中最後離世的一人，七子中其他人大多在郭靖出世或成年前已逝世。
② 見《維基百科》〈徐霞客〉條。

再要談談民國時代高鶴年（1872-1962）的《名山遊訪記》①，作者為佛教居士，旅遊家、慈善家，時人稱譽他為「徐霞客第二」，當代中國讀書人對其人其作可能略感陌生。但是本作是《徐霞客遊記》之後最重要的遊記文學傑作。

至於晚近遊記文學之佳構，則非本名作者所知，故置之不論。

（三）還珠樓主作品的記遊舉隅

二十世紀下半葉的武俠小說家，很少完全沒有受過還珠樓主（李善基，1901-1962）作品的影響。還珠樓主的作品除了被歸類為武俠小說之外，亦間有被視為神魔小說。李氏幼年曾跟隨為官的父親遊歷四方，及長則飽覽佛、道兩家著作，並習武術氣功，這些經歷，是他日後的小說創作的重要憑籍。還珠樓主的作品長於描寫大自然景色，因此他的武俠小說就含有遊記文學的成分，例如《蜀山劍俠傳》的第一回〈月夜棹孤舟　巫峽啼猿登棧道，天涯逢知已　移家結伴隱名山〉：

① 心一堂已整理重刊一九四八年以前出版《名山遊訪記》各分冊，題為《戊子年改訂本名〈名山遊訪記〉（附山中歸來略記）》，香港，心一堂，二零一五。

話說四川峨眉山，乃是蜀中有名的一個勝地。昔人謂西蜀山水多奇，而峨眉尤勝，這句話實在不假。西蜀神權最勝，山上的廟宇寺觀不下數百，每年朝山的善男信女，不遠千里而來，加以山高水秀，層巒疊嶂，氣象萬千，那專為遊山玩景的人，也著實不少。後山的風景尤為幽奇。自來深山大澤，多生龍蛇，深林幽谷，大都是那虎豹豺狼棲身之所。游後山的人，往往一去不返，一般人妄加揣測，有的說是被虎狼妖魔吃了去的，有的說被仙佛超度了去的，聚訟紛紜，莫衷一是。人到底是血肉之軀，意志薄弱的佔十分之八九，因為前車之鑒，游後山的人，也就漸漸裹足不前，倒便宜了那些在後山養靜的高人奇士們，省去了許多塵擾，獨享那靈山勝境的清福。這且不言。

上引文字，簡介了中國著名佛教四大名山之一的峨眉山，寫境雖然不多，但是說到「遊後山的人，往往一去不返」，就很能挑起讀者的好奇心了。峨眉派是《蜀山劍俠傳》的「正派集團」，正好以此為楔子。

又如《柳湖俠隱》的開場白（第一回〈地勝武陵源　紅樹青山容小隱，人飛方竹澗　蠻煙瘴雨救靈嬰〉）：

滇南盤江下游哀牢山附近，有一大片湖蕩。那湖蕩一面容納在哀牢山溪澗中，一頭又通著盤江，湖波浩浩，甚是清深。因是活流，湖床又深，無論多旱的天氣，水勢永不減退。遇到春夏間山洪暴發時，除湖波較急，略有漲意而外，也從無漫溢之患。加以當地氣候溫和，四時如春，平林綠野，花開不斷，沿湖遍植梅、桃、柳、桂諸樹，更有各色名花奇卉，叢生其間。每當春秋花時，不是春色爛漫，燦若錦雲，便是香光百里，風雨皆馨。而物產又極豐美，土地肥沃，水源便利，自不必說。湖中更盛產菱、藕、芡、茨之屬，魚類出產尤多，肥美異常。那好處，暫時也寫它不完。只是這麼一片得天獨厚的好地方，人家卻不甚多。一則地處雲南邊境，與外夷交界之處，地介僻遠，來路山重水覆；二則菁密林深，野獸橫行，蟲蟻載途，到處險阻凶危，常人簡直無法上路。

《柳湖俠隱》的開場，比《蜀山劍俠傳》有更多的「遊記」味道。《蜀山劍俠傳》發表於上世紀三十年代初，中國抗日戰爭之前；《柳湖俠隱》則在一九四六年抗戰勝利之後。那時中國各省之間交通不便，國人能夠外出旅行遊歷的機會不多，加上時逢戰亂，還珠樓主小說中如世外桃源般樂土的描寫，當能撫慰那個年代中國人飽受戰亂所傷的情懷。

梁羽生、金庸同時被稱為「新派武俠小說」名家，梁羽生最先發表新派武俠小說，金庸則成為最受讀者歡迎和評者稱許的大宗師。

梁羽生鍾情於詩詞對聯創作，他的小說每每以自作的詩詞打開匣，較少結合「遊記」。

金庸則不拘一格，每部小說的開場都別出心裁，此下以《書劍恩仇錄》為例，簡介紅花會群豪的遊蹤，以初步探討金庸武俠小說的「遊記」內涵。

(四) 紅花會群豪的遊蹤

電影和電視的發展與普及，必定會衝擊紙本「遊記文學」的生存。

在還珠樓主創作的時代，人們較不容易經常上電影院，也沒有家居電視，書籍和報章是社會上主流人群最重要的精神食糧。以今時今日香港為例，電視台的旅遊節目多樣化、立體化，帶領觀眾遊遍七大洲、五大洋。以讀還珠樓主作品代替親身旅遊已不再是必然選擇。

金庸在未開始寫武俠小說之前，已當過電影編劇，開始寫武俠小說的前後，又當過電影導演。這些經歷對他的小說創作有良好的影響。

此下，以金庸第一部武俠小說《書劍恩仇錄》為例，重溫書中紅花會群豪的遊蹤。

《書劍恩仇錄》在陝西扶風開場，第一回未完就轉到甘肅安西。到了第四回〈置酒弄丸招薄怒，還書貽劍種深情〉才初次介紹「旅遊景點」，指出安西是中國有名的「風庫」，「一年三百六十五日幾乎沒一天沒風」。

然後介紹肅州（即古酒泉郡）的美酒和烘餅：

肅州泉水清洌，所釀之酒，香醇無比，西北諸省算得第一。店小二又送上一盤肅州出名的烘餅。那餅弱似春綿，白如秋練，又軟又脆，周綺吃得讚不絕口。

互聯網上還有讀者問今天是否仍有這種肅州烘餅可吃呢！只是未見有肅州老鄉回話。

金庸當過電影編劇，初讀《書劍恩仇錄》的讀者諒想不到，酒和烘餅也有戲份！

然後就是晚上在荒郊露宿時，紅花會七當家「武諸葛」徐天宏以肅州美酒和烘餅戲弄酒沒渴夠而且餓得荒的周綺，之後再有鐵膽碎酒壺的一節。

男角以美食戲弄刁蠻小姐的情節，在電影銀幕不知重覆過多少遍！

金庸武俠小說擅長借用地理環境和建築物的特殊佈局，設計武打場面。第五回〈烏鞘嶺口拚鬼俠，赤套渡頭扼官軍〉就有紅花會五六兩當家「黑白無常」常赫志、常伯志兄弟利用烏鞘嶺地形與書中第一反派「火手判官」張召重那場命懸一線的搏鬥。今天烏鞘嶺已經建成了二十公里長的隧道，供蘭新鐵路（連接甘肅省省會蘭州和新疆）所用。

然後又介紹了黃河在甘肅境內常見的水路交通工具羊皮筏子。踏入二十一世紀，羊皮筏子已失去渡河的實用價值，只作旅遊玩樂之用。羊皮筏子也成為甘肅省《非物質文化遺產名錄》載入的第一批省級文化遺產。

第六回〈有情有義憐難侶，無法無天振飢民〉寫紅花會群紅來到河南開封，安排「鐵膽」周仲英在鐵塔寺（「開封鐵塔」正名是開寶寺琉璃塔，「鐵塔行雲」是「汴京八景」之一）旁的修竹園酒家與妻子冰釋前嫌。再到蘭封縣劫奪送給前線兆惠的軍糧，用以賑濟受黃河決堤影響的災民。這一回，借十三當家「銅頭鱷魚」蔣四根所言，黃河自孟津到銅瓦箱有多處決堤，孟津的「旅遊指南」就要等到紅花會群豪回程才作介紹了。

第七回〈琴音朗朗聞雁落，劍氣沉沉作龍吟〉，寫群豪為營救四當家「奔雷手」文泰來而追到杭州，回到作者浙江家鄉，作者便安排陳家洛和乾隆在靈隱寺飛來峰附近的三天竺邂逅。然後湖上比試，再安排陳家洛與「情敵」李沅芷在西湖十景之一的三潭印月打了一架，真是善用場地。

第八回〈千軍嶽峙圍千頃，萬馬潮洶動萬乘〉回到作者海寧家鄉，這回作者巧妙地將錢塘潮融入他的武俠世界：

這時潮聲愈響，兩人話聲漸被掩沒，只見遠處一條白線，在月光下緩緩移來。驀然間寒意迫人，白線越移越近，聲若雷震，大潮有如玉城雪嶺，際天而來，聲勢雄偉已極。潮水越近，聲音越響，真似百萬大軍衝烽，於金鼓齊鳴中一往直前。

「修訂二版」有「際天而來」一語，「新三版」改為「自天際而來」，不是「勝筆」①！想來是「小查詩人」意圖討好年輕識淺的讀者，怕他們看不明白而改。

① 韋小寶語，見《鹿鼎記》第十九回〈九州聚鐵鑄一字，百金立木招群魔〉的戲言：「韋小寶心想一味說好，未免無味，搖頭道：『這一幅寫得不大好。』陸先生肅然起敬，道：『倒要請韋公子指點，這幅字的弱點敗筆，在於何處。』韋小寶道：『敗筆很多，勝筆甚少！』他想既有『敗筆』，自然也有『勝筆』了。」

按「現代漢語」的語法，「自天際而來」是白話文，「際天而來」是文言文。「際天而來」的「際」，明明白白是「名詞使動」，即本來是名詞，在此當作動詞用。

然後是御前侍衛白振奮不顧身跳到塘底拾扇的驚險，若用電影動作片表達，一定精彩絕倫：

> 月影銀濤，光搖噴雪，雲移玉岸，浪卷轟雷，海潮勢若萬馬奔騰，奮蹄疾馳，霎時之間已將白振全身淹沒波濤之下。
>
> 但潮來得快，退得也快，頃刻間，塘上潮水退得乾乾淨淨。

這裡接連用了「月影銀濤」、「光搖噴雪」、「雲移玉岸」、「浪卷轟雷」、「萬馬奔騰」、「奮蹄疾馳」共六個四言句，可有受范仲淹《岳陽樓記》①的影響嗎？

這錢塘潮「小查詩人」不知看過多少遍，這一幕「萬馬潮洶動萬乘」，以文字描寫，相信已

---

①《岳陽樓記》寫境物，多用四言句，且集中在兩段：「若夫霪雨霏霏，連月不開，陰風怒號，濁浪排空，日星隱耀，山岳潛形；商旅不行，檣傾楫摧；薄暮冥冥，虎嘯猿啼。登斯樓也，則有去國懷鄉，憂讒畏譏，滿目蕭然，感極而悲者矣。至若春和景明，波瀾不驚，上下天光，一碧萬頃；沙鷗翔集，錦鱗游泳；岸芷汀蘭，郁郁青青；而或長煙一空，皓月千里，浮光躍金，靜影沉璧；漁歌互答，此樂何極！登斯樓也，則有心曠神怡，寵辱偕忘，把酒臨風，其喜洋洋者矣。」

經登峰造極，如果遇上錄影錄像，則恐怕以金庸的筆墨以未必勝得過一位專業攝影師手中的攝錄機。還幸小說中的武功描寫，非人力所能及，世上有陳家洛、白振這樣的武功嗎？

第九回〈虎穴輕身開鐵銬，獅峰重氣擲金針〉又「徵用」杭州名勝獅子峰作為「威鎮河朔」王維揚與「火手判官」張召重的比武場地。

第十回〈煙騰火熾走豪俠，粉膩脂香羈至尊〉，仍在杭州打架與玩樂。

第十一回〈高塔入雲盟九鼎，快招如電顯雙鷹〉，借杭州名勝六和塔作為「天山雙鷹」與紅花會群豪較技的場地。

第十二回〈盈盈彩燭三生約，霍霍青霜萬里行〉，從這回起紅花會群豪回程到中國的大西北，由浙江回到河南開封。十四當家「金笛秀才」余魚同為了避開李沅芷的癡纏，自己一人改走水路。湊巧遇上關東六魔剩餘的三魔和仇家言伯乾，在孟津鬧了一場。陳家洛等人先到潼關，再回返孟津「查案」，這回有頗具電影感倒敘筆法。

第十三回〈吐氣揚眉雷掌疾 驚才絕艷雪蓮馨〉，這一回處理了余魚同「假出家」之事，由男主角帶讀者西出玉門，這番旅程由中原出塞外西北，跟故事開始時由回疆向東南回歸中土剛好方向相返。因為「旅遊行程」不一樣，導遊先生金庸就從另一個角度介紹浩瀚黃沙的景色：

不一日已到肅州，登上嘉峪關頭，倚樓縱目，只見長城環抱，控扼大荒，蜿蜒如線，俯視城方如斗，心中頗為感慨，出得關來，也照例取石向城投擲。關外風沙險惡，旅途艱危，相傳出關時取石投城，便可生還關內。行不數里，但見煙塵滾滾，日色昏黃，只聽得駱駝背上有人唱道：「一過嘉峪關，兩眼淚不乾，前邊是戈壁，後面是沙灘。」歌聲蒼涼，遠播四野。

一路曉行夜宿，過玉門、安西後，沙漠由淺黃逐漸變為深黃，再由深黃漸轉灰黑，便近戈壁邊緣了。這一帶更無人煙，一望無垠，廣漠無際，那白馬到了用武之地，精神振奮，發力奔跑，不久遠處出現了一抹崗巒。

轉眼之間，石壁越來越近，一字排開，直伸出去，山石間云霧瀰漫，似乎其中別有天地，再奔近時，忽覺峭壁中間露出一條縫來，白馬沿山道直奔了進去，那便是甘肅和回疆之間的交通孔道星星峽。

峽內兩旁石壁峨然筆立，有如用刀削成，抬頭望天，只覺天色又藍又亮，宛如潛在海底仰望一般。峽內岩石全係深黑，烏光發亮。道路彎來彎去，曲折異常。這時已入冬季，峽內初有積雪，黑白相映，蔚為奇觀，心想：「這峽內形勢如此險峻，真是用兵佳地。」

　　過了星星峽，在一所小屋中借宿一晚。次日又行，兩旁仍是綿亙的黑色山崗。奔馳了幾個時辰，已到大戈壁上。戈壁平坦如鏡，和沙漠上的沙丘起伏全然不同，凝眸遠眺，只覺天地相接，萬籟無聲，宇宙間似乎唯有他一人一騎。他雖武藝高強，身當此境，不禁也生栗栗之感，頓覺大千無限，一己渺小異常。

作者借陳家洛的「所至」、「所見」和「所感」來做文章，豈不是一篇上佳的「散文體遊記文學」？《書劍恩仇錄》面世剛六十年，諒作者當日未嘗試過出甘肅而入新疆。未至其地而寫活其地的筆法，是《岳陽樓記》的一路了。

此下數回在新疆度過，當更是出於作者的想像與鋪陳。

第十九回〈心傷殿隅星初落，魂斷城頭日已昏〉，寫陳家洛來去匆匆，由新疆到福建，又由福建到北京。陳家洛與香香公主喀絲麗同遊長城，生離變死別。

最後一回是紅花會與乾隆的一場對決，作者沒有安排些什麼有特色的行程。

金庸小說包羅萬象，若單從「遊記文學」的角度來研究，仍然有很大空間，本文亦僅以《書劍恩仇錄》為例，略作解說。

二十一世紀「金庸學研究」的方法，已邁向使用「普查法」的道路，按遊記文學開發「金庸遊記學」這個分支，將有重大意義。退一步說，也可以為碩士生、博士生的「金庸學研究」習作提供許多的研究課題。

原載《文學山水：第五屆世界華文旅遊文學國際學術研討會文集》，二零一七。

附錄一：古德明淺論《鹿鼎記》英譯五篇

（一）呂留良詩英文注釋

「其為宋之南渡耶？如此江山真可恥。其為崖山之後耶？如此江山不忍視。」這是《鹿鼎記》第一回所引呂留良詩頭四句。漢學家John Minford教授譯成英文，加上注釋：The first lines refer to the 13th century and the dying days of the Southern Song dynasty, when the last Emperor, carrying his infant son, was hounded southwards by the Mongols, and finally flung himself and his son into the sea from the cliffs of Mount Yai（首數句述十三世紀南宋末年事。當時宋朝末代君主為蒙古所窘，攜稚子南巡，卒抱子於崖山蹈海死）。Minford教授誤會了。

有宋末代君主趙昺生於咸淳八年（公元一二七二年）。祥興二年（公元一二七九年），這位可憐生於帝王家的稚子由大臣陸秀夫背著「投海死」（《宋史》卷四十六、四十七），死時不過七歲。Minford教授顯然是把陸秀夫誤作趙昺，又把趙昺誤作趙昺的兒子。中華民族氣節全在陸秀夫那一躍，希望外國朋友不要把這段史實弄錯。

呂留良那首詩末四句說：「嘗謂生逢洪武初，如瞽忽瞳跛可履。山川開霽故壁完，何處登臨不狂喜？」Minford教授也有注釋：Hong Wu was the reign title of a period during the heyday of the Ming Dynasty (when China was still ruled by Chinese), to which these Loyalist scholars looked back with such nostalgia（洪武為有明全盛時期年號，當時中國仍為漢人統治，奉明朝正朔的士子自然非常懷念）。這裏又有一點誤會。「洪武」二字的意義，不在「全盛」，而在「還我河山」：蒙古建立的元朝，正是洪武皇帝朱元璋推翻的。Minford教授「中國仍（still）為漢人統治」一語，最好改為「復（again）為」，這秋毫之差自有天地之隔。

（二）如此江山

《鹿鼎記》第一回說，清初名畫家查士標畫了一幅山水畫送給呂留良，只以四字為題：「如此河山」。Minford教授譯做This Lovely Land，恐怕未能完全表達原意。

抗日期間，有人寫了一副對聯：「如此河山如此日，是何世界是何年？」意在言外，是一流作品。而正因為意在言外，翻譯也須特別小心。究竟「如此」和「是何」含義是喜是悲，是褒是貶？中國人應可體會：第一個「如此」是可愛、可哀、可恥含義俱備，帶著「大好河山淪落成今天這個樣子」的歎息；其後一個「如此」和兩個「是何」則都有貶意。要翻譯，最好也不要把含義點出：For such a land to see such a day- / What can be said of this world and this age?

查士標筆下的「如此江山」，含義和上述「如此河山」相同，所以呂留良題詩說：「其為宋之南渡耶？如此江山真可恥。其為崖山之後耶？如此江山不忍視。」既然這樣可恥可哀，這河山就不應單用lovely（可愛）一字形容。加添lovely一字，反而削弱了原意。

最後不妨談談land字：這個字解作「土地」，是不可數名詞；解作「國家」，則變為可數，例如：He has been to many lands（不少國家都有他的足跡）。

（三）問誰「痛哭流涕有若是」？

《鹿鼎記》第一回說，查士標那幅《如此江山》圖，畫得「雲氣瀰漫，山川雖美，卻令人一見之下，胸臆間頓生鬱積之意」。呂留良是解人，作詩題畫：「其為宋之南渡耶？如此江山真可恥。其為崖山之後耶？如此江山不忍視。吾今始悟作畫意，痛哭流涕有若是……」Minford教授翻譯如下：Is this the scene of Great Song's south retreat,/This lovely land that hides its face in shame?/Or is it after Mount Yai's fateful leap?/This lovely land then scarce dared breathe its name./Now that I seem to read the painter's mind,/My bitter teardrops match his drizzling rain.。這段譯文很見心思，除求達意，還講韻律，只是美中仍見不足。

譯文頭四句為求押韻，意思跟原文頗有出入，但總算表達了哀痛精神；第五、六句卻明白譯錯了。

看Minford教授譯文，這兩句是說「我（呂留良）現在似乎明白畫家意思了，苦淚不禁和畫中微雨一樣直灑」。但原書只說「畫中雲氣瀰漫」，不見得有「微雨」；而「痛哭流涕」的也絕對不是呂留良。

按中文句子往往不把主詞寫出，外國學者也就往往無所適所。例如「痛哭流涕有若是」一句，主詞應是畫家，不是前文那個「吾」。前後兩句意思是：我現在才明白畫家的意思，才明白他傷時傷國一至於此！」（Now that I understand the hidden meaning of the painting, I can see how the artist grieves）。

留意「有若是」不是打比喻，而是「一至於此」的意思。南宋陸游《胡無人》詩說大丈夫必須掃清胡虜，最後兩句是：「丈夫報主有如此（丈夫是這樣報效君主的），笑人白首篷窗燈。」這「有如此」也不是打比喻。

(四) 吞聲不用枚銜嘴

「吾今始悟作畫意，痛哭流涕有若是。以今視昔昔猶今，吞聲不用枚銜嘴。」呂留良這四句詩，前兩句昨天談過，後兩句Minford教授譯做Past woes I see reborn in present time:/This draws the groans that no gag can restrain。這譯法值得談談。

以Past woes I see reborn in present time翻譯「以今視昔昔猶今」，既簡練又能曲盡原意，是神來之筆；但This draws the groans that no gag can restrain卻是「銜枚在口，猶自失聲歎息」的意思，和原作剛剛相反。

「吞聲不用枚銜嘴」，是說「痛極已無言，奚用銜枚」。無聲之哀，比有聲的歎息慘愴得多。這一句，譯做Though ungagged, I am mute with grief會貼切得多。當然，譯詩貼切，有時就難用韻，但翻譯應先求信，再求達，然後求雅。

「吞聲不用枚銜嘴」後數句是「畫將皋羽西台淚，研入丹青提筆泚。所以有畫無詩文，詩文盡在四字裡。嘗謂生逢洪武初，如瞽忽瞳跛可履。山川開霽故壁完，何處登臨不狂喜？」Minford教授的譯文極好，謹抄錄供讀者欣賞：Me thinks the painter used poor Gaoyu's tears/To mix his colours and his brush to wet./ "This Lovely Land" was commentary enough; /No need was there for other words to fret./The blind would see，the lame would walk again，/Could we but bring back Hong Wu's glorious days./With what wild joy we'd look down from each height/And see the landscape free of mist and haze！

（五）一言既出，什麼馬難追！

《鹿鼎記》第二回說，韋小寶「曾聽說書先生說過『駟馬難追』，但這個『駟』字總是記不起來」，於是說：「大丈夫一言既出，什麼馬難追！」Minford教授翻譯韋小寶這句話如下：My word is my wand! 這當然也是一句不正確的成語。正確說法是什麼？

按wand應作bond。Wand是「魔杖」，西方魔術家拿著，可以弄出無窮變化。英文沒有My

word is my wand這樣一句成語，以諾言當作魔杖的人，恐怕也會隨時變卦。

Bond則是「合同」或「契約」。Somebody's word is his bond，既視諾言為不可改的契約，也就是「一言既出，駟馬難追」。這成語也作Somebody's word is as good as his bond，例如：You can trust him. His word is as good as his bond（他向來復言重諾，可以信任）。

有一句成語和Somebody's word is as good as his bond很相似，意思也相同：Somebody is as good as his word。例如：Mary, who is as good as her word, will not let you down（瑪麗復言重諾，不會使你失望）。

「復言重諾」的反義詞是「食言而肥」。不過，英文成語eat one's words看來雖可譯做「食言」，實際卻是承認「所言有失」的意思，例如：Now that I have done what he said could never be done, he will have to eat his words（他說絕不可能做到的事，我做到了。他得認錯了）。

（原文發表於一九九九年八月）

附錄二：《武俠小說指掌圖》翻後感

一

二零零三年是筆者研究金庸小說的第二十個年頭，這些業餘的研究向來只集中在文學的內部研究，即是小說本身。筆者要當個「導讀」的角色，指出小說中那些人物情節寫得特別好和好在那裡、那些有缺點、那些錯得比較嚴重；那些值得讀者學習，那些學之無益等等。

幾年前王朔先生寫了些謾罵金庸小說的文章，引發熱烈的討論。有朋友問筆者有沒有打算寫點文章回應，便找來王先生的文章一看，覺得實在無可置喙，因為王先生是個徹頭徹尾的門外漢，既不得其門而入，意見便是「兩箇黃鸝鳴翠柳，一行白鷺上青天」（這兩句杜甫詩，是舊日國文老師批改作文的常用評語，意指「胡言亂語、亂題萬丈」）。人在門外，只隱約地聽見屋內絲竹管絃的聲音，矇矓地嗅到美酒佳餚的香味，又怎能亂說屋裡是妖魔群集，鴟梟夜鳴，爭吃腐屍？後來有評論認為金庸不必回應、或是回得不好、甚至拿著金庸的回應文章再罵。其實，金庸也只是經不起傳媒再三提請，才迫不得已說點話，內容也不是就著王先生的批評一一辯解，畢竟實在沒有任何必要。

三月中香港作家協會的黃仲鳴兄邀約坐談，要我與楊興安兄談談袁良駿先生對金庸小說的評語。因為未曾拜讀過袁先生的大作，不敢亂說，但不同意他判金庸為「新劍仙派」。日前見到袁先生的新作《武俠小說指掌圖》（新華出版社2003），便拿來翻翻，寫點翻後感。

先講點題外話，二零零一年在台北拜訪林保淳先生，他是最早在大學開辦金庸小說課程的學者，閒談中講到一個學生的怪誕行為。這個學生寫的報告裡面引用的情節竟然與小說內容完全不符，一看便知道是依著電視劇的內容做文章。林在生便心平氣和的問那個學生究竟有沒有看過小說，這個學生卻不肯認錯，還堅持自己有看過小說。林先生對筆者說不理解這個學生是甚麼心態，這門金庸小說的課是選修課，沒有人強迫他選，如果連看看小說都不願意，又何必要選？

對袁先生這部《武俠小說指掌圖》，筆者只細讀與自己有關的部份，即是屬於總論和專論金庸小說的章節，其他內容都只是隨便翻翻。翻完之後，腦海中就浮起當日林先生說的趣事。

真的，如果連看看小說都不願意，又何必……

二

首先令人不舒服的是〈出版前言〉：

……袁良駿先生……集多年對武俠小說的觀察，近年又進行了細讀式系統研究，寫成了《武俠小說指掌圖》一書。

所謂「指掌圖」，借自武俠。說的是武俠中人，指為指，掌為掌，或以指勝，或以掌贏，尺有所短，寸有所長。……

我不知道出版社編輯人員對「指掌圖」的理解是不是袁先生的本意，「指掌圖」的指掌，難道不是說瞭如指掌嗎？

如果「指掌圖」可以是說少林派「金剛指」與丐幫「降龍十八掌」對壘，那麼《三國演義》裡面呂凱獻給諸葛亮的《平蠻指掌圖》便可以天馬行空地理解為武學秘笈，可以說成是讓丞相大人學會後好去跟孟獲在拳腳上見真章；還有司馬光的《切韻指掌圖》也會變成是音波殺人的武功秘笈！

即使是出版社的主事人強作解人，但袁先生不加制止，亦難辭誤人子弟、教壞讀者之咎。

以筆者讀金庸小說四分一世紀的「功力」，敢說袁先生直到寫這書的一刻，絕對未有如出版社所講的「細讀」過金庸小說。或許袁先生買錯了盜版書，或許看了改編得面目全非的電視劇之後以為小說就是這樣寫，或許袁先生是套用了一些不用心讀書而亂發議論的妄人的意見。

三

金庸小說中的「內功」，是袁先生大力抨擊的一環，他寫道：

> ……即使不包括這些「身份不明」的奇功，粗略統計一下，那些「有名有姓」的「內功」，在金庸筆下也出現了三十多種……（頁236）

袁先生還列出了三十三種他「粗略統計」的「集粹」（頁236），筆者實在不敢相信自己的眼睛，太叫人驚訝了！只能說袁先生要當一個「金庸小說讀者」也不可能合格。

袁先生列出的並非全是「內功」，還有「掌法拳法類」，即是徒手技擊的法門；「劍法刀法類」，即是使用兵刃的招術；與及屬於綜合「教科書」的秘笈。當然，有基本閱讀理解能力的讀者都知道，金庸筆下有些拳法掌法還要靠深厚的內力才可以運使出來。

袁先生這樣的「統計」，不僅與「粗略」相去十萬八千里，簡直連資料整理這個學術研究的入門基礎行規都未有達標。

如果《連城訣》的唐詩劍法可以上榜算是「內功」，那麼《笑傲江湖》的獨孤九劍、《倚天屠龍記》的太極劍法、《雪山飛狐》和《飛狐外傳》的苗家劍法、胡家刀法又怎樣？袁先生難道沒有見過？若有，怎麼可能在「粗略統計」之中看不見？

如果這樣「集粹」，那麼金庸每一部長篇小說「有名有姓」的武藝都超過三十種以上，因為金庸通常會為重要角色和門派杜撰最少一兩種武藝，少林派就有七十二門絕藝！

「六脈神劍」是要靠內功才可以使出來，袁先生算入三十三種「內功」可通，但是「唐詩劍法」，「連城劍訣」（即連城劍法，兩者其實是一而二、二而一），不需要特別內力，只是劍法。

袁先生若不是亂抄書，便可能是拿著電視劇的改編內容來做文章。筆者沒有看這類金庸劇已超過二十年，對日新月異的怪招實在陌生，但是金庸小說中有沒有，倒還記得清楚。

袁先生說的「無尚神功」並不存在，可能是《天龍八部》逍遙派的「小無相功」的訛誤，筆者讀了金庸小說二十多年，沒有見過這回事就是沒有！

袁先生抄出來的所謂「以彼之道還施彼身功」，其實是「斗轉星移」。

至於甚麼「明神教神功」、「華山派意念神功」、「獨臂神尼神功」、「空前絕後神功」、「『俠客行』秘籍武功」、「『武學之窟』絕世神功」等等名目，都是從來沒有在金庸小說中出現過。

此外，袁先生列出的「玄功」、「奇異內功」和「秘籍武功」等等，還不是專有名詞呢！抄錯弄錯的也多，「血光刀法」是沒有的，《連城訣》裡面只有《血刀經》（書）、血刀刀法、血刀門（門派）和血刀老祖（人）！

甚麼《葵花寶典陰陽變性功》也是袁先生向壁虛構的，前四字是真，後五字是杜撰。

「玄冰碧火圖」更可笑，不知袁先生是不是戴錯了眼鏡，恐怕是「玄冰碧火酒」之誤，這酒是丁不三的寶貝，卻給石破天喝光了。

「沙漠迷宮藏寶圖」？顧名思義，怎麼可能會是內功？究竟袁先生有沒有能力看得懂金庸小說？

袁先生列了三十三項「內功」，錯了接近一半，而且還可以稱得上「掛一漏萬」了！

《射雕英雄傳》歐陽鋒的「蛤蟆功」、《神雕俠侶》金輪法王的「龍象般若功」、少林寺的《易筋經》都不上榜，真教人不明白袁先生是怎樣讀書的。

隨便找一部金庸小說，都可以知道袁先生讀書不用功，就以王朔先生看不下去的《天龍八部》為例，袁先生漏了眼的「有名有姓」內功還有：丁春秋的「化功大法」，枯榮大師的「枯禪功」，喬峰的「擒龍功」，阿紫的「龜息功」，鳩摩智的「控鶴功」，端木元的「五斗米神功」，南海椰花島黎夫人的「採燕功」，不平道人的「憑虛臨風」，天山童姥的「八荒六合唯我獨尊功」，清涼寺的「心意氣混元功」等等。

四

還有叫人更吃驚的：

……中神通周伯通不愧為現代醫學「先驅」，他被人打斷了腿，扔到東海一山洞中，不僅未死，反而在洞中活了十五年，治好了傷，並練就了一身獨一無二的「內功」，成了「瘸

腿大仙」，一下子飛到了西亞中東，還發明了所謂「雙手互搏」之術……（頁239）

首先，周伯通是「老頑童」，王重陽才是「中神通」！在香港、台灣和海外華人社區，「老頑童」這個詞語已經成為日常用詞，用作形容性格開朗、可以與年青人打成一片的長者。誰敢說袁先真有稍稍用功看過《射鵰英雄傳》？這樣的錯誤絕不可原諒！

其次是這樣輕薄的筆法，只可以用來寫隨筆或感想一類的散文，讀書人三十歲以後還用這樣的筆法就未免太不長進。文學研究的論文絕不可用，如果大學生用這種筆法，導師應該要發還重寫才是道理。這樣的錯誤絕不可原諒。

讀過《射鵰英雄傳》的讀者都清楚知道老頑童被困桃花島的事，他有沒有「飛到西亞中東」呢？讀者的雪亮眼睛自有答案。

如果袁先生肯多點了解中國故有技術，就會知道我們的老祖宗在千百年前已經掌握了醫治骨折的技術，斷了腿不必等到「現代醫學」傳入中國才可以治得好。如果斷了腿便要死，中國文化就不值得大家認識和繼承。筆者在此建議袁先生找一部《中醫傷科學》之類的大專教科書來翻一翻，就不致於這樣胡說八道！

然而，袁先生顛倒黑白的言語還有許多。如：

……謝遜、張無忌等更遠涉北冰洋。靠的是甚麼？皆神秘內功也。……（p243）

袁先生一定沒有好好讀過《倚天屠龍記》，第七回是〈誰送冰舸來仙鄉〉，只要從頭到尾讀一次，就連小學生也知道袁先生錯在那裡。

還有：

……這個古墓就在少林寺旁……（p247）

足以證明袁先生沒有用心讀過《神雕俠侶》，書中說王重陽選擇做道士，所以在古墓旁建了重陽宮，如果做和尚，或會建個「重陽寺」。看來袁先生是《射雕三部曲》都沒有看完。

五

袁先生還說：

> ……首先，金庸描寫的並非現代意義上的愛情，而是所謂一妻一妾、一妻多妾的「齊人之福」。……（p246）

奇怪了！袁先生大罵武俠小說不現實和「戲說歷史」，但是金庸筆下的世界是古人行一夫多妻制的年代，中國人要到了吸收基督教文化之後才有一夫一妻的概念，究竟袁先生認為武俠小說應該「實寫」還是「思想進步」？

袁先生竟然還說金庸小說「黃色」：

> 還有，金庸武俠小說的婚戀描寫中，有不少黃色描寫，特別是讓韋小寶在揚州妓院的大床上，打著滾同時與他未來的七個妻子做愛，並讓其中兩個懷了孕，可以說集武俠小說中黃

色描寫之大成。……（p247）

筆者看了簡直要噴茶，好在袁先生已不必參加考試，否則以他理解力和記憶力這般差勁，閱讀理解怎能合格？事實上當日同床的是日後六個妻子和一個岳母，也沒有跟七個人都做愛，只是三次而已！

行文至此，倒不如「以子之矛，攻子之盾」，袁先生罵金庸筆下的許多主角是：

……經不起嚴格推敲，都是作家隨心所欲、任意編造的結果。……（p255）

筆者總結對《武俠小說指掌圖》的翻後感，真可以借這幾句用一用！

袁先生感情很豐富：

面對這些夢囈和扯謊，我感到憤怒和悲哀！我為中國文學一哭！我為中國青年一哭！這就是我寫這本小書的原動力……（p274）

過。

筆者翻過這部《武俠小說指掌圖》，細讀了與自己業餘研究有關的部份，感到有一絲絲的難過。

如果袁先生平日研究其他文學作品是用寫這部書的眼力、用心和手法，我就要為袁先生的老師和學生難過。

如果袁先生只在寫這一章《「新劍仙派」金庸》才用這樣的眼力、用心和手法，我就要為袁先生難過。

有一句由衷的話，這部《武俠小說指掌圖》還是快快回收的好，不要拿到香港和台灣售賣。袁先生和新華出版社不知道海外青年朋友、大學生、中學生課餘研究金庸小說的成果，讓這些用功讀金庸小說的小朋友見到這書，筆者真擔心他們會以偏蓋全，心生看不起國內學者的念頭。

那才值得一哭！

（本文原於二零零六年六月號《作家月刊》）